कोई शिकवा नहीं

(कहानी - संग्रह)

∞

डॉ. आभा पाण्डेय

Made with ♥ on the Notion Press Platform

www.notionpress.com

First Edition :   2024
Cover Page :   Courtsey - Hey Jai Studio @ www.canva.com

यह संकलन विनम्रता के साथ समर्पित है

आदरणीया माँ (श्रीमती शान्ति बबेले),
पिताजी (श्री रघुवीर शरण बबेले),
डैडी (श्री रमाशंकर पाण्डेय)

जिन्होंने मुझे खुली आँखों से इस संसार को देखना सिखाया

और मेरे अन्तर्मन में संवेदना का बीज बोया |

अनुक्रमणिका

सकारात्मक सोच की कहानियों का गुलदस्ता: कोई शिकवा नहीं

हिन्दी वाङ्मय में आदि काल से ही नारी ने अपनी विद्वता प्रतिपादित की है। जहाँ विद्रोत्तमा, गार्गी जैसी विदुषियों ने शास्त्रार्थ में बड़े-बड़े विद्वानों को परास्त किया था, वहीं अनेक लेखिकाओं ने अपने सृजन से हिन्दी साहित्य में श्रीवृद्धि की है । यदि हिन्दी साहित्य में कहानी लेखन की बात की जाए तो आधुनिक कहानी की सर्वप्रथम लेखिका के रूप में 'बंग महिला' के नाम का उल्लेख मिलता है, जिनकी पहली कहानी 'कुम्भ में छोटी बहू' का प्रकाशन सरस्वती पत्रिका में सन् 1906 में हुआ था । उसके बाद 'बावली बहू' के नाम से लेखन करने वाली लेखिका की कहानी - 'वीरांगना' का गृहलक्ष्मी पत्रिका के जनवरी 1912 अंक में प्रकाशन हुआ और सरस्वती देवी की कहानी 'सच्ची सहेली' का प्रकाशन गृहलक्ष्मी पत्रिका के ही अक्टूबर 1912 अंक हुआ ।

उसके बाद अनेक महिला कहानीकारों की कहानियों का प्रकाशन अनवरत रूप से होने लगा, जिनमें हेमन्त रानी चौधरी, शिवरानी, बनमाला देवी, जानकी देवी, सुभद्रा कुमारी चौहान, सुमित्रा कुमारी सिन्हा, कंचनलता सब्बरबाल, रजनी पनिक्कर आदि के नाम लिए जा सकते हैं ।

सन् 1950 के बाद अनेक महिला कहानीकारों ने अपने उत्कृष्ट लेखन से हिन्दी साहित्य की कहानी विधा को समृद्ध किया, जिनमें शिवानी, शशिप्रभा शास्त्री, कृष्णा सोवती, मृणाल पाण्डेय, मृदुला गर्ग, उषा प्रियंवदा, मन्नू भण्डारी आदि अनेकानेक नाम हैं ।

उसके भी बाद की बात करें तो मालती जोशी, मंजुल भगत, सूर्यबाला, निरुपमा सेवती, मेहरुन्निसा परवेज, नमिता सिंह, कमल कपूर, डॉ. प्रमिला वर्मा, डॉ. संतोष श्रीवास्तव, डॉ. सरोजिनी कुलश्रेष्ठ, शशि पाठक आदि ने अपनी

कहानियों के माध्यम से सामाजिक, पारिवारिक विसंगतियों तथा दरक रहे जीवन मूल्यों, सम्बन्धों के बदले हुए समीकरणों पर प्रकाश डाला है ।

अपने पहले कहानी संग्रह - 'कोई शिकवा नहीं' के साथ हिन्दी साहित्य जगत में पदार्पण कर रहीं कहानीकार डॉ. आभा पाण्डेय कई दशकों से आकाशवाणी से अपनी कहानियों का वाचन करती आ रही हैं । 'कोई शिकवा नहीं' कहानी संग्रह में उन्होंने अपनी कहानियों में से कुछ को संग्रहीत किया है ।

संग्रह में कुल चौदह कहानियाँ हैं जिनके शीर्षक हैं- कोई शिकवा नहीं, सुख बिकाऊ नहीं होता, अगले जनम मोहे... नया सवेरा, बड़ी भूल हुई मुझसे, संशोधन, रक्षाबंधन, मदर्स डे, अरुणोदय, उपहार, अनपढ़ नहीं मैं, तेरे बिना जिन्दगी से, विरासत संस्कारों की, और दीप प्रेम के ।

इन कहानियों में लेखिका का जीवन के प्रति दृष्टिकोण, अनुभव और अनुभूतियों की परिपक्वता और उनके प्रस्तुतीकरण की संवेदनशील कौशलता स्पष्ट दृष्टिगोचर होती है ।

यौवन की दहलीज पर देहाकर्षण के वशीभूत हुए युवाओं, जिन्हें अपने अभिभावकों से अधिक कुछ दिन के परिचित व्यक्ति में अधिक गुण दिखाई देने लगते हैं और उसी आकर्षण के वशीभूत वे ऐसी राह चुन लेते हैं जिसपर चलकर उज्ज्वल भविष्य के सपने केवल सपने ही बनकर रह जाते हैं और जब इसका भान होता है तब तक बहुत देर हो चुकी होती है ।

'कोई शिकवा नहीं' का कथानक भी इसी भावभूमि पर बुना गया है जिसकी नायिका जया वर्षों वर्ष अपने माता-पिता से इसलिए नाराज रही कि उन्होंने उसके द्वारा पसन्द किए गये युवक सहपाठी से उसका विवाह नहीं किया । किन्तु बहुत वर्ष बाद संयोगवश जब एक दिन उस सहपाठी की जीवन संगिनी से मुलाकात होने पर उसकी दयनीय स्थिति के बारे में पता चला तो उसे अपने माता-पिता का निर्णय ही उपयुक्त लगने लगा। ऐसे अनेक दिग्भ्रमित युवाओं को यह कहानी उचित मार्गदर्शन का कार्य कर सकती है ।

संग्रह की दूसरी कहानी का शीर्षक है- 'सुख बिकाऊ नहीं होता' जिसकी नायिका बिन्नी अपनी चचेरी बहन की प्रतिभा से ईर्ष्या के कारण अपने सौन्दर्य को दाँव पर लगाकर ऐसा कदम उठा लेती है जिसका पछतावा उसे अंतिम समय तक होता है ।

आज के युग में लड़कियाँ लड़कों से किसी भी मायने में कमतर नहीं हैं फिर भी कन्या के जन्म को लेकर आदिकाल से ही भेदभाव की नीति चली आ रही है। विशेषकर महिला ही महिला के जन्म की विरोधी आज भी बनी हुई है। डॉ. आभा पाण्डेय ने अपने इस संग्रह की कहानी–'अगले जनम मोहे ...' में सास द्वारा अपनी पुत्रवधू द्वारा कन्या को जन्म देने पर निर्दोष कन्या की हत्या के षड्यन्त को विफल करते हुए एक माँ के अनुकरणीय प्रयासों को दर्शाया है ।

'नया सवेरा' संग्रह की चौथी कहानी है जो दर्शाती है कि सभी सीनियर सिटीजन्स की लगभग एक सी ही समस्याएँ होती हैं । अधिकांश के बच्चे पढ़-लिखकर, वृद्ध माता-पिता को अकेला छोड़कर अपनी-अपनी नौकरियों पर, व्यापार में या फिर अन्य कामों में व्यस्त हो जाते हैं। ऐसे में जीवन के अंतिम प्रहरों में जीवन को जीना बहुत कठिन, निराशाजनक और उबाऊ लगने लगता है । विदुषी डॉ. आभा पाण्डेय ने इस अवस्था को इन्ज्वाय करने का बहुत ही उत्तम उपाय इस कहानी के माध्यम से प्रस्तुत किया है ।

छोटे बच्चों के सामने घर के बुजुर्गों द्वारा उसके रूप-सौन्दर्य की प्रशंसा करने से उसके अपरिपक्व मस्तिष्क में कितनी विकृति उत्पन्न हो सकती है जिसके कारण बच्चा कितना गलत कदम उठा सकता है, यही सिद्ध करती कहानी है - 'बड़ी भूल हुई मुझसे' ।

भारतीय समाज में अक्सर ही अपनी पुत्री और पुत्रवधू में अन्तर करने की भावना, अधिकांश सासों में देखने में आती है फलतः जीवन में वह सुख अनुभव नहीं होता,जिसमें मान-सम्मान व स्नेह की धारा बहे । कहानी – 'संशोधन' में लेखिका ने कहानी में एक अद्भुत मोड़ देकर सास-बहू के सम्बन्धों में अमृत घोलने का प्रयास किया है ।

संग्रह की सातवीं कहानी का शीर्षक है- 'रक्षा बन्धन' जिसमें दर्शाया गया है कि पुरातनपंथ की बेड़ियाँ, दकियानूसी, वैवाहिक समस्यायें और विचारों की संकीर्णता नारी के उत्थान में बाधक बनती रही है। ग्रामीण क्षेत्रों में प्रतिभाशाली लड़कियाँ भी उच्च शिक्षा से इसलिए वंचित रह जाती हैं कि गाँवों में उच्च शिक्षा हेतु साधन नहीं हैं ।

'मदर्स डे' संग्रह की आठवीं कहानी है जो अपने सास-ससुर के साथ दुर्व्यवहार करने वाली बहुओं के लिए एक अच्छा सबक सिखाने वाली है ।

हर माता-पिता अपने बच्चों के लालन-पालन में उसके लिए सभी सुविधाएँ जुटाने का प्रयास करते हैं, किन्तु बड़े होने पर वही बच्चे इतने बदल जाते हैं कि

वृद्ध माता-पिता की देखभाल उनके लिए कठिन हो जाती है । कहानी का नायक शिवम अपने बचपन में माँ द्वारा जुटाई गई सुविधाओं को याद में रखते हुए भी अपनी शहरी पत्नी रिदिमा के सामने मजबूर है और माँ के शहर आ जाने पर पत्नी द्वारा उन्हें स्टोर रूम में ठहराने पर भी विरोध नहीं कर पाता । किन्तु मदर्स डे पर शिवम के बच्चे जब थर्मोकोल का बना बड़ा सा घर माँ को भेंट करते हैं तो रिदिमा चौंकती है। पूछे जाने पर कि बच्चों तुमने इतनी मेहनत क्यों की, इतना बड़ा घर बनाने की क्या जरूरत थी? तब बच्चों का उत्तर सुनकर रिदिमा की सोच की दिशा ही बदल गई।

संग्रह की नौवीं कहानी का शीर्षक है- 'अरुणोदय' । जैनेरेशन गैप की समस्या, पारिवारिक दिनचर्या में व्यवधान आदि के कारण सामंजस्य में तकलीफ आदि सेवानिवृत्ति के बाद के सुख की कल्पना को तिरोहित कर देती है । नई पीढ़ी, कम्प्यूटर और मोबाइल आदि में व्यस्त रहना चाहती है तो बहू-बेटे अपने पसंदीदा सीरियलों में । किसी को भी सेवानिवृत्त व्यक्ति की उपस्थिति रास नहीं आती। सेवानिवृत्त व्यक्ति की इस वेदना का वर्णन अन्तस की गहराइयों तक लेखिका ने किया है । यह कहानी आज घर-घर की कहानी है जिसे डॉ. आभा पाण्डेय जी ने बहुत ही बारीकी से बुना है ।

दैहिक आकर्षण के वशीभूत विपरीत लिंगी युवा एक-दूसरे को आकर्षित करने के लिए कई उपाय करते हैं जिनमें कीमती उपहार आदि लेने-देने को ही वे प्यार समझने लगते हैं किन्तु सच्चा प्यार दिखावे का मोहताज नहीं होता, यही इस संग्रह की कहानी - 'उपहार' द्वारा सिद्ध किया गया है ।

संग्रह की ग्यारहवीं कहानी – 'अनपढ़ नहीं मैं' आत्मविश्वास को दर्शाती कहानी है । हुनरमंद व्यक्ति आत्मविश्वास के बल पर सफलता प्राप्त कर लेता है ।

किशोरी केवल कक्षा-5 तक पढ़ी होने के कारण हीन भावना से ग्रसित रही लेकिन जब उसके द्वारा बनाये गये स्वेटर को महिला मण्डल ने एक प्रतियोगिता में भेज दिया और उसा पर पच्चीस हजार का पुरस्कार घोषित हुआ तो किशोरी के अन्दर का आत्मविश्वास जाग उठा ।

'तेरे बिना जिन्दगी से...' कहानी उन सभी पत्नियों को राह दिखाने वाली है जो विवाह पूर्व सम्बन्धों को मन में बसाये अपने वर्तमान दाम्पत्य जीवन के साथ न्याय नहीं कर पातीं ।

युवावस्था में विपरीतलिंगी किसी न किसी बात से प्रभावित होकर एक-दूसरे के प्रति आकर्षित होते हैं, पर अपरिहार्य परिस्थितियाँ उन्हें मिलने नहीं देतीं। ऐसे

में वे अपने जीवन साथी के प्रति अपेक्षित व्यवहार भी नहीं कर पाते, किन्तु विषमताओं की वास्तविकता से रूबरू होने पर उन्हें अपनी-अपनी भूल का एहसास होता है । अनेक घुमावदार मोड़ों को पार करते हुए कहानी - 'तेरे बिना जिन्दगी से...' का ताना-बाना बहुत ही मार्मिक ढंग से बुनते हुए, कहानी को सुखान्त बनाने में पूर्ण सफलता प्राप्त की है लेखिका ने ।

कहानी – 'बोया पेड़ बबूल का ....' का कथानक, राजनैतिक परिवेश पर आधारित है धन-दौलत, पद-प्रतिष्ठा और राजनैतिक उठापटक, मोहभंग होने से पूर्व तक ही अच्छे लगते हैं । जीवन का वास्तविक अर्थ समझ आ जाने पर सब कुछ व्यर्थ लगने लगता है।

इस कहानी की नायिका, अति महत्वाकांक्षी यशोधरा भी अपने रूप और वाक्चातुर्य से राजनैतिक परिवार की बहू बन गई तो छल-छद्म के सारे हथकंडे अपनाने लगी   । यहाँ तक कि कुर्सी पाने के लिए उसने अपनी सास तक को नजरबन्द कर दिया । किन्तु जब उसके ही पुत्र रोहित ने अपनी पत्नी और पुत्र के साथ हमेशा-हमेशा के लिए यशोधरा को छोड़कर जाने की बात कही तो वह बेहोश हो गई ।

दादी द्वारा दिए गये संस्कारों ने रोहित को माँ के साथ दुर्व्यवहार की अनुमति नहीं दी यह जानकर यशोधरा बहुत प्रसन्न हुई और उसने सभी छल-कपट छोड़कर अपने पौत्र को अच्छे संस्कार देने का विचार किया ।

संग्रह की अंतिम कहानी - 'दीप : प्रेम के' है जो अपने प्रबल ईगो और धन के मद के कारण मनुष्य को मनुष्य न समझने वाले लोगों के गाल पर करारा चांटा है ।

कहानी की नायिका प्रतिमा अपने धन और ईगो के कारण अपने पड़ोस में बसे लोगों से न सम्बन्ध रखना चाहती है और न अपने बच्चों को उन लोगों के बच्चों के साथ खेलने-कूदने ही देती है । किसी फंक्शन में भी नहीं बुलाती ।

इसी कारण अपने बच्चों को दूर होस्टल में रख देती है । दीपावली की छुट्टियों में घर वापसी पर दोनों बच्चे और गाड़ी का ड्राइवर दुर्घटनाग्रस्त हो जाते हैं । खबर सुनकर प्रतिमा बेहोश हो जाती है । पड़ोसियों को पता चलता है तो वे प्रतिमा को तो अस्पताल पहुँचाते हो हैं उसके दोनों बच्चों को अपना ब्लड देकर जीवन दान भी देते हैं ।

सब कुछ पता चलने पर प्रतिमा की आँखों पर चढ़ा मद का चश्मा हट जाता है और वह मानने पर मजबूर होती है कि पड़ोसी, रिश्तेदारों से भी अधिक महत्वपूर्ण होते हैं । निष्कर्षत: डॉ. आभा पाण्डेय जी के कहानी संग्रह - 'कोई शिकवा नहीं' की सभी कहानियाँ उत्कृष्ट एवं पाठक के हृदय में सकारात्मक सोच का प्रादुर्भाव करने में पूर्ण सक्षम हैं । भाषा एवं शैली बहुत ही सहज एवं आकर्षक है । कहानियों में प्रवाहमयता और सरसता ऐसी है कि पाठक एक के बाद दूसरी कहानी पढ़ते जाने पर अपने आप को विवश पाता है । विषय विविधता वाली ये कहानियां, कहानीकला के सभी तत्वों का पूर्ण निर्वहन करती हुई सफल कहानियां कही जा सकती हैं ।

हिन्दी साहित्य जगत में कहानी संग्रह - 'कोई शिकवा नहीं' का भरपूर स्वागत होगा और यह डॉ. आभा पाण्डेय जी के यश और कीर्ति में वृद्धि करेगा ऐसी पूर्ण आशा है ।

डा. दिनेश पाठक 'शशि'
28, सारंग विहार, मथुरा – 281006
मोबाइल – 987063180

<u>कोई शिकवा नहीं' कहानी संग्रह - जीवन-पथ पर प्रेरणा का प्रकाश स्तम्भ</u>

समय के प्रवाह में समाज परिवर्तित होता रहता है और इसके साथ साहित्य भी परिवर्तित होता है। साहित्य अपने समय के समाज का प्रतिबिंब प्रस्तुत करता है, इस प्रतिबिम्ब में जो बदरंग दिखाई देता है, उसे हटाने की अपेक्षा और आग्रह साहित्य करता है। हर काल-खण्ड में समाज की अपनी चिंतायें, चुनौतियाँ और अपनी आवश्यकताएँ होती है। साहित्यकार इन्हीं सब को दृष्टि में रखकर अपने लेखन-धर्म का निर्वहन करता है। जो साहित्य मानवजीवन के जितना निकट होता है,वह उतना ही अधिक प्रशंसनीय एवं ग्राह्य होता है। साहित्यकार अपने समाज की विसंगतियों, विडंबनाओं एवं पीड़ाओं को देखता, समझता है, तथा उन्हें अपने लेखनकौशल से शब्दाकार करके उसे मानव जीवन का आईना बना देता है। इस आईने में पाठक अपने समाज की झलक देखता है, और मानव मन की झाँकी देखता है। मानव जीवन के लिए जो अग्राह्य है, अकल्याणकारी है, उसके लिये उद्वेलन पैदा करना और जागृति प्रदान करना साहित्यकार का लक्ष्य होता है। जन मन का जागरण और लोकमंगल का पथ प्रशस्त करना ही श्रेष्ठ साहित्य की विशेषता होती है। संवेदनशीलता को साहित्य की आत्मा कहा गया है। संवेदना संपन्न साहित्य सृजक संवेदनशील सृजन से अपने सृजन को मर्मस्पर्शी बनाकर पाठक की प्रियता का अधिकारी बना देता है। मानव जीवन में सत्यम् - शिवम्- सुंदरम् की सृष्टि और आनंद की वृष्टि- साहित्य का प्रयोजन तथा 'सुरसरि सम सब कर हित होई' की पुनीत भावना होती है।

कहानी साहित्य की प्रमुख विधाओं में भी प्रमुख स्थान रखती है। कहानी का पाठकवर्ग व्यापक और विस्तृत है। इसमें सहज कथन और रोचकता इसे सर्वग्राह्यता प्रदान करती है। जीवन में जो भी सुंदर रंग है या जो भी बदरंग है, उसका इसमें सहज प्रकटीकरण होता है। यह छोटे कलेवर में, कम समय

में अधिक से अधिक कहने का सामर्थ्य रखती है, यह पाठकों को अपने कथ्य से साधारणीकरण करके शीघ्र प्रयोजन तक पहुँचाकर संतोष की प्राप्ति करा देती है। श्रेष्ठ कहानी की विशेषता है कि यह जीवन की हो तथा इसमें जीवन की दशा के साथ जीवन की दिशा भी हो। कहानी में अपने समय की दशाओं, मनोदशाओं, उलझनों, जटिलताओं को चित्रित करके कहानीकार इनके समाधान का सूत्र देकर मानव जीवन को त्रासदी मुक्त करना चाहता है। कहानी यदि आईना है, तो कहानी आँखें भी है। कहानी प्रेरणा भी और पथ-प्रदर्शक भी है, यही श्रेष्ठ कहानी की विशेषता है।

डॉ. आभा पाण्डेय को सौभाग्य से साहित्यिक परिवेश की उपलब्धता का वरदान मिला। उनके संवेदनशील मन को इस परिवेश से यथेष्ट जागरण मिला। अपनी चेतना के जागरण से उन्होंने अपने समाज की विसंगतियों और पीड़ाओं को गहराई से अनुभव किया। उन्होंने अपने समय के सामाजिक परिवेश को देखा भी और समझा भी तथा जिन विद्रूपताओं से समाज आहत देखा उनके उपचार का निदान भी सुझाया। उनका लेखन मानव मन का है, उनका लेखन मानव जीवन के लिए है। उनका लेखन जीवन के यथार्थ का है, उनका लेखन जीवन के कल्याणार्थ है। उनके लेखन की इन्हीं विशेषताओं ने उन्हें पठनीय और प्रशंसनीय बनाया है, यह उनके लेखन की सार्थकता और उपलब्धि है।

डॉ. आभा पाण्डेय की साहित्य-सेवा लंबी यात्रा कर चुकी है। आकाशवाणी से कहानियों एवं वार्ताओं का प्रसारण, साहित्यिक संगोष्ठियों में शोध-पत्रों के वाचन से उन्होंने यश अर्जित किया है। कहानी लेखन की यात्रा में उन्होंने खूब लिखा और बहुत खूब लिखा, लेकिन प्रकाशन के प्रति उनकी उत्साहहीनता से कहानियाँ विस्तृत पाठक वर्ग तक नहीं पहुँच पाई। प्रियजनों और प्रशंसकों के अतिशय आग्रह से उनका कहानी संग्रह 'कोई शिकवा नहीं' प्रकाशनाधीन है- यह सुखद, शुभद और संतोषप्रद है।

कोई शिकवा नहीं' कुल 14 कहानियों का संग्रह है। प्रत्येक कहानी जीवन का सच्चा दस्तावेज है, यह कहना अतिशयोक्ति नहीं होगी। ये कहानियाँ मानव जीवन की सच बयानी है, जिसमें मानव मन की पीड़ायें हैं, मानव जीवन की विडंबनायें है, और मानव मन की अपेक्षायें हैं। इस संग्रह की प्रमुख विशेषता है कि इसमें समाज के हर वर्ग का चित्र प्रस्तुत हुआ है। इसमें युवा जीवन के सपने हैं, उलझनें हैं, इसमें गृहस्थ जीवन की अपेक्षाएं हैं तो वृद्धावस्था के एकाकीपन की पीड़ा और निराशा की मन:स्थिति का यथार्थ चित्रण भी है। ये कहानियां केवल निराशा, हताशा, पीड़ाओं, विडंबनाओं का ही चित्रण नहीं करतीं, अपितु समाधान

का सार्थक सूत्र भी देती है। ये वो सूत्र हैं, जो जीवन में आशा, उत्साह, उल्लास और उमंग का रंग भरने में समर्थ सिद्ध होंगे और जीवन की रसयुक्त बनायेंगे- इसमें संदेह नहीं।

संग्रह की पहली कहानी 'कोई शिकवा नहीं' आज की युवा पीढ़ी को प्रबोधित करती है। प्रेम के पथ पर बंद आँखें नहीं खुली हुई विवेकदृष्टि चाहिए, जिससे भविष्य में भावनाओं के उद्वेग में लिया गया निर्णय प्रायश्चित का कारण न बन सके । दूसरी कहानी 'सुख बिकाऊ नहीं' विशेषकर उन युवतियों को सन्देश देती है, जो रूप, छल, बल से सुख के सपने संजोती है, जबकि सपने देखने से नहीं अपितु श्रम, समझदारी, ईमानदारी से ही सुख की प्राप्ति संभव होती है। तीसरी कहानी 'अगले जनम मोहे' एक मार्मिक कहानी है, जो कन्या भ्रूणहत्या के सामाजिक कलंक से मुक्त होने की अपेक्षा रखती है। बालिकाओं की समुचित शिक्षा व प्रोत्साहन से भी वे सपने साकार हो सकते हैं, जिन्हें हम अपने बेटों में देखते हैं। बेटियाँ भी बेटों से अधिक सुख-संतोष देने का सामर्थ्य रखतीं हैं, यह समझने और मानने की आवश्यकता है | चौथी कहानी 'नया सवेरा' आज की बुजुर्ग पीढ़ी की पीड़ा का कारण और निवारण प्रस्तुत करती है। इस पीढ़ी का अपनी रुचि अनुसार कार्य में व्यस्तता ही उन्हें ऊर्जा, उत्साह और आत्मसंतोष दे सकती है। कार्य व्यस्तता उनके लिए जीवन की निराशा में आशा का नया सवेरा है। पाँचवीं कहानी ' बड़ी भूल हुई मुझसे' आज की किशोरियों के जीवन के यथार्थ का बोध कराती है। आज युवतियों को अपने सौंदर्य के आकर्षण की अपेक्षा अपनी प्रतिभा, क्षमता एवं कार्यकौशल के संवर्धन की चेष्टा करनी चाहिए, यही उनके सफल व सुखी जीवन का सूत्र हो सकता है। सौंदर्य निरंतर ढलता है, उसकी महत्ता भी घटती है, किन्तु प्रतिभा निरंतर वृद्धि करती है, उत्तरोत्तर अपनी उपयोगिता बढ़ाती है। छठवीं कहानी 'संशोधन' इस तथ्य को उजागर करती है कि संवेदनहीनता जीवन में दुःख का कारण है किंतु संवेदनशीलता जीवन को सुखी बनाती है। परिवार में आत्मीयता, उदारता और एकता स्थापित करती है, और' जहाँ सुमति तहाँ संपत्ति नाना' को प्रमाणित करती है। अलगाव की धारणा में संशोधन सदा हितकारी ही होगा। सातवीं कहानी 'रक्षाबंधन' भाई-बहन के निश्छल प्रेम और परस्पर सहयोग की भावना को श्रेष्ठ मानती है। रक्षाबंधन पर किसी भी भाई के द्वारा अपनी बहन को दिया गया प्रोत्साहन, प्रेरणा और उसके सफल जीवन के लिये दी गयी वचनबद्धता ही उसका बहन के लिए श्रेष्ठ उपहार है। आठवीं कहानी 'मदर्स डे' आज की बुजुर्ग पीढ़ी की उपेक्षा की पीड़ा का मार्मिक चित्रण है। जो जीवन भर कठिन श्रम से अपनी संतान के सपनों को

साकार करती है, वही वृद्धावस्था में उनकी नासमझी से उपेक्षा का दंश झेलती है। जब उन्हें भी इसी प्रकार के अपने भविष्य का संकेत मिलता है, तब ही उनके दृष्टिकोण में बदलाव परिलक्षित होता है, उनकी बंद आँखें खुलती हैं। नवीं कहानी 'अरुणोदय' भी बुजुर्गों की दशा को व्यक्त करती है। परिवार में सभी की अपनी व्यस्तताएँ और प्राथमिकताएँ हैं, जहाँ बुजुर्गों के लिए समय नहीं है। इस समस्या का समाधान बुजुर्गों द्वारा स्वयं को जनसेवा से जुड़कर ही मिल सकता है। उनके जीवन की संध्या में आई निराशा, हताशा व एकाकीपन जन सेवा से जुड़कर ही समाप्त हो सकता है और उन्हें आशा और उल्लास का अरुणोदय मिल सकता है। दसवीं कहानी 'उपहार' वास्तविक प्रेम की परिभाषा उपस्थित करती है। प्रेम प्रदर्शन नहीं अपितु आत्मीय भावना है, जो बिना दिखावे के, समय पर अपनी प्रिय के प्रति दृष्टिगत होती है। प्रिय का हित चिंतन और प्रिय की कल्याण भावना ही प्रियता का सच्चा उपहार है। ग्यारहवीं कहानी 'अनपढ़ नहीं मैं' उन गुणों की महत्ता का उल्लेख करती है, जिसकी समाज में अनिवार्यता और उपयोगिता है | शैक्षिक डिग्री नहीं होने पर भी अपने किसी विशेष गुण से व्यक्ति समाज में अनिवार्य बनता है और सम्मानित होता है। किसी डिग्री के अभाव मे हीन भावना से ग्रसित होना उचित नहीं हो सकता। अनपढ़ होने की पीड़ा उनके विशेष गुण की महत्ता से शमित हो सकती है। जिसकी उपयोगिता है, समाज में उसकी महत्ता है, उसकी ही प्रतिष्ठा है। बारहवीं कहानी 'तेरे बिना जिंदगी से' अतीत की स्मृतियों के दंश से मुक्त होकर वर्तमान को स्वीकार करने का सन्देश देती है। अतीत की अग्नि में वर्तमान के सुख को हवन करना आत्मघाती होता है। अतीत की पीड़ा से मुक्ति का एक ही उपाय है - वर्तमान को सहजता से स्वीकार करना और उसे सुखी बनाने का प्रयत्न करना | तेरहवीं कहानी 'बोया पेड़ बबूल का ....' जीवन में संस्कारों की महत्ता और अनिवार्यता को प्रमाणित करती है। संस्कारसंपन्न व्यक्ति अपने जीवन को अर्थपूर्ण बनाता है और अपनों के जीवन में भी सुख का संचार करता है। आज के समय की यही सबसे बड़ी आवश्यकता है कि हम अपने बच्चों को सुविधासंपन्न भले ही न बनायें किंतु संस्कारसंपन्न अवश्य बनायें। चौदहवीं कहानी 'दीप: प्रेम के' आज के अभिजात्य के दम्भ पर चोट करती है। शिक्षा या सम्पन्नता के अभाव में जीने वाला व्यक्ति या समाज भी करुणा, दया, ममता और सहयोग की भावना से श्रेष्ठ हो सकता है, वह भी समाज के लिए आत्मीयता की अपेक्षा का अधिकारी है वह भी सम्मान योग्य है | वह उपेक्षा का पात्र नहीं है, वह वह अपेक्षित है, वह भी

समाज के लिए मान्य है। उसका नैकट्य दुःखकारी नहीं, सुखकारी भी हो सकता है।

यह संग्रह जीवन की झांकी है, जिसकी कहानियाँ जीवन की हैं, और ये जीवन के लिये हैं। इसमें कोमल मन की भावनाओं की अभिव्यक्ति और सजग मन की अपेक्षाओं का आग्रह है | इसमें जीवन के यथार्थ की अभिव्यक्ति है | इसमें जीवन की विभिन्न समस्याओं का चित्रण और समाज की विभिन्न चुनौतियों को प्रस्तुत किया गया है | जो देखकर भी अनदेखा हो रहा है, उसे इस संग्रह में दिखाने का यथेष्ट प्रयत्न किया गया है। कथ्य की दृष्टि से मानव जीवन की विसंगतियों, विद्रूपताओं को चित्रित करके लेखिका जीवन में समता, ममता, समरसता, उल्लास, उमंग, उत्साह का रंग देखने का आग्रह भाव उपस्थित करती है। इसमें आज के जीवन की कहानी है, जो आज को शिवत्व की भावना से परिपूर्ण देखने की अपेक्षा और आग्रह से युक्त है। निश्चय ही यह संग्रह पठनीय एवं प्रशंसनीय होगा। यह संग्रह साहित्य के क्षेत्र में एक उपलब्धि के रूप में स्वीकार्यता ग्रहण करेगा, ऐसा पूर्ण विश्वास है। यह नवदीप्ति का संग्रह है।

डॉ. आभा पाण्डेय भाषा की दृष्टि से सरल, सुबोध, सहज बोलचाल की भाषा की धारिणी हैं। उनकी कहानियाँ जन सामान्य की समझ तक पहुँच जायें, यह उनका ध्येय है। भाषा उनके भावों की सहज संवाहिका है, विषय-वस्तु और भाषा की दृष्टि से यह संग्रह पाठकमन को स्पर्श भी करेगा और मानव चेतना को झंकृत भी करेगा |

डॉ. आभा पाण्डेय को उनके प्रथम संग्रह 'कोई शिकवा नहीं ' के प्रकाशन के लिए अशेष शुभकामनाएँ एवं हार्दिक बधाई देते हुए उनके उज्ज्वल भविष्य की कामना करता हूँ। उनका संवेदनशील मन और चैतन्य बुद्धि लेखन की दिशा में अविराम गतिमान रहे,इस अपेक्षा के बाद अगले संग्रह की प्रतीक्षा भी है |

डॉ. रमाशंकर पाण्डेय

पूर्व अध्यक्ष हिन्दी विभाग,

के.आर.(पी.जी.) कॉलेज, मथुरा

कभी सोचती हूँ कि ये कहानी आखिर क्या होती है ? कभी ये जीवन में घटित कुछ घटनाओं या प्रसंगो का, बनते-बिगड़ते सम्बन्धों का या जीवन के मर्म का शब्दचित्र होती है, तो कभी जीवन में उमड़ते राग-विराग, हास-उल्लास, प्रेम-पीड़ा, संघर्ष, प्रतिस्पर्धा और रिक्तता की अभिव्यक्ति बन जाती है। कहानी किसी न किसी का यथार्थ होती है या यूं कहें किसी न किसी व्यक्ति के यथार्थ की पीड़ा से जन्म लेती है। कल्पना के रंगो से सजे होने पर भी इसके मूल में यथार्थ का रेखाचित्र ही होता है। यदि ऐसा न हो तो इसके कथ्य से संवेदना जागना संभव ही नहीं।

कभी-कभी ऐसा होता है कि आप किसी व्यक्ति से मिलते हैं और उसकी आँखों से झाँकती हुई कहानी बिना कुछ कहे ही आपको छू जाती है। सच तो ये है कि हममें से हर एक की आँखों में एक न एक कहानी कैद होती है। ऐसी ही आँखो से झाँकती, सहमी-सहमी सी कहानियों को शब्दों में उकेरने का विनम्र प्रयास मैंने 'कोई शिकवा नहीं' संकलन की कहानियों में किया है।

यदि ये कहानियाँ कहीं आपके अन्तर्मन को छू सकें, कहीं अपनी सी लग सकें, तो मेरा प्रयास सार्थक होगा। अंधकार कितना भी गहन हो, उसके पीछे आशा की ज्योति छिपी होती है। विषम परिस्थितियों की भी आशा के उस प्रकाश की ओर ले जाना मेरी कहानियों का उद्देश्य है।

आज जब समाज में जीवनमूल्य अपनी स्वाभाविक चमक खोते जा रहे हैं, परिवार विघटित हो रहे हैं, इच्छित अभिलाषा प्राप्त न कर पाने की पीड़ा युवाओं को नैराश्य के अंधकार की ओर अग्रसर कर रही है - ऐसी परिस्थितियों में यदि मेरी ये कहानियाँ पाठक को वास्तविकता से अवगत कराके उसे आशा के प्रकाश की ओर अग्रसर सकें, उसके नेत्र उद्घाटित कर सकें, तो मुझे संतोष की अनुभूति होगी।

मेरी कहानियाँ कैसी भी हैं, पर उनको धैर्यपूर्वक सुनकर मुझे प्रोत्साहित करने के लिए मेरे धैर्यवान श्रोताओं - मेरी पति डा. अमिताभ पाण्डेय, पुत्र प्रणव

और बिटिया डॉ. प्रशस्ति को मैं धन्यवाद देना चाहूँगी, जिन्होंने न सिर्फ कहानियों के लेखन के लिए मुझे समय दिया, प्रोत्साहित किया, बल्कि अपनी यदा-कदा अपने सुझाव भी दिए।

इन कहानियों के प्रकाशन का पूरा श्रेय आदरणीय डॉ. दिनेश पाठक 'शशि' को जाता है, जिन्होंने न सिर्फ कहानियों को संकलित करने के लिए मुझे प्रोत्साहित किया, बल्कि पारिवारिक और सामाजिक दायित्वों के फलस्वरूप मेरे इस कार्य में शिथिल हो जाने पर इस ओर मुझे जाग्रत और प्रेरित भी किया। पुस्तक की भूमिका लेखन से लेकर संशोधन और प्रकाशन तक वे मुझसे कहीं ज्यादा सक्रिय रहे हैं। उन्हीं की प्रेरणा और प्रयासों के फलस्वरूप ये कहानियाँ इस संकलन के रूप आपके समक्ष आ सकीं।

डॉ. रमाशंकर पाण्डेय का सादर आभार ,जिन्होंने न सिर्फ मेरी अपरिपक्व कहानियों को पढ़ा ,बल्कि सकारात्मक समीक्षा और टिप्पणियों से मुझे उत्साहित भी किया और साथ ही इस संकलन की भूमिका लेखन का महत्वपूर्ण कार्य भी किया।

अपने इन दोनों अग्रजद्वय के प्रति पुनः आभार व्यक्त करते हुए पाठकों के सुझावों की प्रतीक्षा में –

आभा पाण्डेय
2216/ 1, संग्रहालय के पीछे,
डैम्पियर नगर ,मथुरा (उ. प्र.)
पिनकोड - 281001

1

आसमान में छाते हुए बादलों को देखकर जया छत की ओर भागी। कपड़े सूखने डाले थे, यदि बारिश शुरू हो गई तो सारे भीग जाएंगे। कपड़े रस्सी से उतार ही रही थी वो, कि हल्की-हल्की बूँदें आना शुरू हो गई। कपड़ों को छत पर ही बने शेड में रखकर जया छत पर आ गई। पानी की नन्हीं-नन्हीं बूँदों से जहाँ धरती में सोए से, बीज जाग रहे थे, वहीं जया के मस्तिष्क में दबा कर रखी हुई स्मृतियाँ भी जैसे सर उठा रहीं थीं। समझ नहीं आता कि बारिश की ये बूदें उसे स्मृतियों की उस घाटी में क्यों ले जाती हैं, जिससे वापिस आते हुए उसका दिल लहूलुहान हो जाता है। समझ नहीं आता कि कुछ ही समय में जिन्दगी कैसे बदल जाती है ?

विशाल के साथ तो उसे जिन्दगी एक ऐसा सुखद सपना लगती थी, जिसे वो अपनी खुली आँखों से देख रही थी। विश्वास ही नहीं होता था कि जिन्दगी सचमुच इतनी खूबसूरत भी हो सकती है। बारिश में भुट्टे खाते हुए यूनिवर्सिटी रोड पर टहलना, ऑटो स्टैण्ड तक पैदल जाते हुए बारिश की बूंदों को महसूस करना - ये सब एक अलग ही अनुभव होता था। बारिश इतनी आनंददायी होती है- ये उसने विशाल के साथ ही जाना था। वरना पहले तो वो भी बारिश से बचती ही थी। कपड़ों पर कीचड़ के छींटे उसे बिल्कुल बर्दाश्त न थे। पर ये उसे विशाल ने ही बताया था कि कपड़ों के दाग जैसी छोटी बात के लिए बारिश को महसूस करने की खुशी जैसी महत्त्वपूर्ण चीज खोई नहीं जा सकती। विशाल का साथ न मिलता तो शायद वो जान ही न पाती कि जीवन की छोटी-छोटी खुशियाँ कितनी कीमती होती हैं। उससे मिलने से पहले तो वो भी एक पढ़ाकू किस्म की लड़की थी, जिसका उद्देश्य सिर्फ एक ही होता था, और वो था हर क्लास में टॉप करना। अपनी इस धुन में व्यस्त, उसने न कभी बारिश का स्वागत किया और न ही वसंत का। बस इसी तरह जया की जिन्दगी बेहद सीधी राह पर चलती ही जा

रही थी कि अचानक उसके जीवन में आ गया विशाल । गर्ल्स कॉलेज से ट्वेल्थ करने के बाद पापा ने उसका एडमीशन, यूनिवर्सिटी में करा दिया। पहली ही क्लास में जब प्रोफेसर महोदय ने सभी छात्र- छात्राओं का परिचय लिया तो जहाँ लड़कियों ने अपना नाम और ट्वेल्थ का परसेन्टेज बताते हुए संक्षिप्त परिचय दिया, वहीं विशाल की बारी आई तो उसने अपने परिचय में विशेषणों की झड़ी सी प्रस्तुत कर दी -

'मैं हूँ विशाल,

बिल्कुल कमाल

जिन्दादिल मस्तमौला,

फक्कड़ पर हरफनमौला,

हर समस्या का समाधान, अचूक और रामबाण ।

विचारों का अचार, परोसता हूँ कविता में संवार,

स्वभाव से कलाकार, हुनर से चित्रकार..........

शायद वो आगे और भी कुछ बोलने वाला था, पर प्रोफेसर के हाथ के इशारे को देखकर चुप हो गया। सारी क्लास जोर से हँस पड़ी और तो और प्रोफेसर भी मुस्कुराये बिना न रह सके। उसके बाद तो जया जब क्लास में पहुंचती तो देखती कि सारे लड़के विशाल को घेर कर खड़े हैं और वो भी कभी जोक्स क्रैक कर रहा है, तो कभी अपनी मिमिक्री से लोगो को हंसा रहा है। फिर तो जहाँ समवेत ठहाकों की आवाज आती थी लोग समझ जाते थे कि विशाल वहाँ है। न जाने कैसा चुम्बकीय आकर्षण था उसके व्यक्तित्व में कि लड़के तो लड़के, लड़कियाँ भी उसकी ज़बरदस्त फैन हो गई । उसने अपने व्यवहार से सिद्ध भी कर दिया कि पहली क्लास में उसने अपने लिए जो विशेषण प्रयोग किए थे वे काफी हद तक सही भी थे। वाकई जिन्दादिल और मस्तमौला तो था ही विशाल ,पर किसी की कोई भी समस्या हो उसके पास समस्या का समाधान जरूर होता था। फ्रेशर पार्टी में उसकी कविता ने जहाँ लोगों को लोट पोट कर दिया वहीं यूथ फेस्टिवल में उसके बनाए चित्रों को भी काफी सराहा गया ।

बी.एससी. फर्स्ट ईयर तो बस इसी तरह निकल गया । रिजल्ट आया तो जया ने फर्स्ट ईयर में टॉप किया था। सेकेण्ड इयर में, जब वो यूनिवर्सिटी पहुँची तो टीचर्स और स्टूडेन्ट्स सभी की निगाहों में अपने लिए सम्मान महसूस कर उसे

बड़ी खुशी हुई। पर विशाल पर जैसे इस बात का कोई असर न था, जैसे वो उसकी सफलता के विषय में जानता ही न हो।

जुलाई का महीना था, सेकेंड इयर के दूसरे या तीसरे सप्ताह की बात है। वो अपनी सहेली वर्षा के साथ लाइब्रेरी की सीढ़ियों पर बैठे हुए मूंगफली खाते हुए बस का इन्तजार कर रही थी कि अचानक विशाल वहाँ आया और वर्षा की ओर मुखातिब होते हुए बोला- "वर्षा जी, पता नहीं आपको अपना नाम कैसा लगता है, पर मुझे आपका नाम बहुत अच्छा लगा। दरअसल मुझे बारिश बहुत पसंद है।" अचानक मिले इस कमेन्ट पर जया और वर्षा दोनों ही हड़बड़ा उठीं। अचानक बारिश होने लगी, सभी बरामदे की ओर भागे। कोई नहीं चाहता था कि उसके कपड़े गीले हों। भला हो उस बस का- जो समय पर आ गई और सब भीगने से बच गए। पर बस से वापिस आते हुए सबने देखा कि विशाल पैदल बारिश में भीगते हुए मस्ती से टहलते हुए वापिस जा रहा था। सभी लड़कियाँ झेंप सी गईं। कहाँ तो उन सबका बारिश से बचने के लिए यूं भागना, कि जैसे गीले होने से वे मिट्टी की मूर्ति की तरह पिघल जाएँगी और कहाँ विशाल का यूं बारिश को एन्जॉय करना। कहना न होगा कि उन लड़कियों में जया भी एक थी।

थर्ड ईयर में यूथ फेस्टिवल के अवसर पर ड्रामा होना था। जिस तरह का मस्तमौला केरेक्टर चाहिए था हीरो के लिए, उसके लिए तो विशाल का नाम तय था। पर हीरोइन की तलाश हो रही थी। वर्षा के जिद करने पर उसके साथ जया भी ऑडीशन के लिए गई। वर्षा तो सिलेक्ट नहीं हुई, पर जया की डॉयलाग डिलेवरी सभी को पसंद आ गई और वो उस नाटक की नायिका बन गई। हालांकि अभिनय में जया की रुचि नहीं थी, पर रिहर्सल के दौरान विशाल की वजह से माहौल इतना जीवन्त, इतना खुशनुमा रहता था कि उसे भी अभिनय में इंटरेस्ट आने लगा। यूथ फेस्टिवल में उनका नाटक फर्स्ट आया, पर जीत के बाद भी घर आने पर उसे अपने मन का कोई कोना बड़ा सूना सा लगा। नाटक की रिहर्सल के दौरान विशाल का सामीप्य उसे अच्छा ही नहीं, बल्कि बहुत अच्छा लगने लगा था। उसे महसूस हुआ कि विशाल के चुम्बकीय व्यक्तित्व ने उसके लोहे जैसे कठोर और शुष्क हृदय को भी अपनी ओर खींच लिया है। फिर तो उनकी दोस्ती यूनिवर्सिटी में चर्चा का विषय बन गई। कहाँ जया जैसी टॉपर लड़की और कहाँ पढ़ाई में एकदम सामान्य विशाल। पर वो प्यार ही क्या, जो ऊँच-नीच और अच्छे-बुरे की परख करे। जया को विशाल के साथ बिताए वे दिन, भुलाए नहीं भूलते। कितनी खुशी, कितनी हँसी थी जिन्दगी में। दिन कैसे बीत जाता था, पता ही नहीं चलता था। विशाल जब उस पर कविता सुनाता था तो

गर्व से भर उठती थी जया। आर्ट गैलरी में जब विशाल ने उसका पोट्रेट प्रदर्शित किया तो ईर्ष्या से जल उठी थीं सारी लड़कियाँ। सुन्दर तो वो थी ही, पर विशाल ने प्रकाश और रंगों का कुछ ऐसा संयोजन किया था कि चित्र जैसे जीवंत हो उठा था।

दिन शायद यूं ही गुजरते जाते, पर जब जया एम.एससी. फाइनल ईयर में आई तो उसकी बुआ की लड़की ने भी यूनिवर्सिटी में एडमीशन ले लिया और फिर जैसा कि स्वाभाविक था उसके माध्यम से विशाल और जया के अफेयर की चर्चा जया के परिवार तक पहुँच गई। घर में तो जैसे एक भूचाल सा आ गया। सबसे ज्यादा गुस्से में थी-माँ। उन्हें तो जैसे विश्वास ही नहीं हो रहा था कि जिस जया को परिवार की अन्य लड़कियों सामने आदर्श के रूप में प्रस्तुत किया जाता था, वो ऐसा कुछ भी कर सकती है। जया ने उन्हें समझाने की बहुत कोशिश की, लेकिन माँ तो जैसे कुछ सुनने को तैयार ही न थी। पापा भी अपसेट तो हुए, पर हाँ, उन्होंने समझदारी का परिचय देते हुए विशाल को कुछ दिन बाद शाम को चाय पर बुलाया। जया को विश्वास था कि विशाल अपनी बातों से सबको प्रभावित कर लेगा, यही तो उसके व्यक्तित्व का सबसे बड़ा गुण था। ऐसा कौन था ,जो उसकी लच्छेदार बातों के जादू से बच सकता था ? जिस शाम विशाल घर आया, जया बहुत खुश थी। विशाल की बातों से उसके भाई- बहन तो बड़े प्रभावित हुए, लेकिन जब मम्मी-पापा ने विशाल से उसके भविष्य की प्लानिंग के विषय में बात शुरू की तो वो लड़खड़ा गया। दरअसल वो तो वर्तमान में जीने वाला मस्तमौला इन्सान था, भविष्य के बारे में उसने सोचा ही कब था ?

बस, विशाल के जाने के बाद मम्मी ने पापा को अल्टीमेटम दे दिया कि एम.एससी. करते ही अच्छा वर ढूंढकर जया की शादी करनी ही है। जया ने अपने प्यार की दुहाई दी ,पर मम्मी का तो स्पष्ट कहना था कि विशाल के अब तक के कैरियर और उसके फक्कड़ स्वभाव को देखते हुए उसके साथ जया का भविष्य बस अंधकारमय ही है। ऐसे लड़के के साथ उसकी जिन्दगी बिलकुल बरबाद हो जाएगी। जया को ज़ार-ज़ार रोते देख पापा ने शायद अपनी लाड़ली का मन रखने के लिए ही कह दिया कि यदि जया के एम.एससी. पास करने के एक साल के अंदर विशाल को कोई ठीक -ठाक जॉब या नौकरी मिल जाती है, तो वे उससे जया की शादी के बारे में सोचेंगे, वरना ऐसे गैरज़िम्मेदार व्यक्ति के साथ शादी करके वे अपनी बेटी का भविष्य दाँव पर नहीं लगा सकते।

अब इसे जया अपना भाग्य कहे या किस्मत की साजिश- कि इसी साल पापा के ही ब्रांच में संजीव की प्रोवेशनरी ऑफिसर के रूप में नियुक्ति हुई। संजीव के

सौम्य व्यक्तित्व ने पापा को इस तरह प्रभावित किया कि उन्हें लगने लगा कि उनकी बिटिया के लिए इससे बेहतर वर हो ही नहीं सकता। उन्होंने फैसला सुना दिया कि जया की शादी संजीव के साथ ही होगी। शाम को जब पापा के पास बैठकर जया ने उन्हें समझाने की कोशिश की तो पापा ने अपनी शर्त याद दिला दी। सचमुच अब तक विशाल को कोई जॉब नहीं मिल सका था। जहाँ कम्पीटिशन इतना टफ था, वह विशाल जैसे सामान्य स्टूडेंट को भला जॉब कौन देता ? पापा ने स्पष्ट कह दिया कि कविता लिखना या चित्र बनाना हॉबी के रूप में तो ठीक है, पर इनसे जीवन चलाना मुश्किल है, इसलिए शादी उसी से करनी चाहिए जिसके साथ भविष्य सुरक्षित रहने की गारंटी हो ।

बस, एक सुरक्षित भविष्य की खातिर जया की ख़ुशी का गला घोंट दिया गया और उसकी शादी संजीव से कर दी गई । अपने सपने टूटने से इतनी व्यथित थी जया कि पगफेरे की रस्म के बाद वो दुबारा मायके ही नहीं गई। कितना बुलाती है माँ- पर वो है कि कोई न कोई बहाना बनाकर टाल जाती है। सब समझ जाती होंगी मम्मी, पर उन्होंने यदि जया के प्यार का गला घोंटा है, तो सजा तो उन्हें भी झेलनी होगी।

सच तो ये है कि शादी के बाद जया जैसे खुलकर हँसना ही भूल गई है। लाख अच्छे होंगे संजीव, पर जाने-अनजाने जया का मन संजीव की तुलना विशाल से कर ही बैठता है और तब उसे संजीव में कमियाँ ही कमियाँ नज़र आने लगती हैं । शादी के पाँच साल बाद और एक प्यारे से बेटे की माँ बनने के बाद भी वो ये बात दिल से निकाल ही नहीं पाती कि यदि उसे विशाल जीवन साथी के रूप में मिला होता तो, उसकी जिन्दगी का रूप कुछ और ही होता। कितनी खुशनुमा होती जिंदगी फिर, चटक रंगों से भरी । हालांकि एक बहू के रूप में और एक पत्नी के रूप में उसने अपने कर्तव्यपालन में कोई कमी नहीं आने दी ,पर अपने मन की रिक्तता को वो किसी भी तरह भर नहीं पाती। खासतौर पर जब बारिश का मौसम आता है तो उसके दिल में यादों की टीस सी उठने लगती है। क्या करे? कैसे छुटकारा पाए वो इन यादों से? बारिश की बूंदों के साथ जया स्मृतियों में इस तरह डूब- उतरा ही रही थी कि माँजी की आवाज ने उसे धरातल पर ला दिया । वे कह रही थी-" जया क्या हुआ? अब तक नीचे नहीं आई। भीग जाओगी तो बीमार पड़ जाओगी।"

अपनी धुन में डूबी पूरी भीग चुकी थी जया। नीचे जाने में भी संकोच हुआ, पता नही क्या सोचेगी माँजी ? नहीं समझ पाती जया कि क्यों वो शादी के पाँच साल बाद भी ऐसी बेवकूफियां कर ही बैठती है । कपड़े बदलकर चाय पी ही रही

थी कि डोरबेल बजी। दरवाजा खोलने पर देखा एक अपरिचित लड़की ,जो गोद में एक छोटा सा बच्चा लिए थी, संजीव के साथ थी। संजीव उसका परिचय कराते हुए बोले- "जया, ये विधि हैं | आज ही ज्वाइन किया है मेरी ब्रांच में इन्होंने | चूंकि अभी इस अनजाने शहर में इनके रहने की कोई व्यवस्था नहीं है और ये आपके मायके के शहर की हैं , इसलिए मैं इन्हें यहाँ ले आया। माँजी से लेकर दूसरे मकान की चाबी दे दो इन्हें।" दूसरे मकान से तात्पर्य संजीव के पुश्तैनी मकान से था जो लगभग 500 मी0 की दूरी पर था।

संजीव तो कपड़े बदलने अपने कमरे में चले गए, और जया विधि के बच्ची के लिए दूध गर्म करने और उसके लिए चाय बनाने चली गई। चाय बनाकर लाई, तो उसने माँजी को विधि से काफ़ी आत्मीयता से बात करते देखा। माँजी बोलीं -" जया तू जानती है इसे ? तेरे मायके के पास की ही तो है ये | " मन ही मन हँस पड़ी जया ,उसने शादी के बाद अपने मायके से कोई रिश्ता ही कब रखा है,जो वो आसपास के लोगों को जान पाती ?

विधि को दूसरे घर में रहते हुए लगभग दो महीने ही हुए थे कि बेटे विपुल का पहला जन्मदिन आया। माँजी की इच्छा थी कि इस अवसर पर विधि को भी बुलाना चाहिए। इन दो महीनों में ही माँजी और विधि में काफी घनिष्ठता हो गई थी ।

विधि के घर पहुँचकर जया तो उसे इंवीटेशन देकर ही लौटना चाहती थी लेकिन विधि ने बड़े आग्रह से उसे चाय के लिए रोक लिया। चाय पीते हुए जया ने औपचारिकता वश ही पूछ लिया विधि से-"पंखुरी के पापा क्या काम करते है ?" सुनकर विधि के चेहरे पर विषाद की रेखा खिंच गई। धीमे से बोली वो, "यदि पंखुरी के पापा ही कुछ करते होते, तो मुझें इतनी छोटी सी बच्ची को लेकर परदेश में भटकने की क्या जरूरत पड़ती ? पर उन्हें तो जैसे जिम्मेदारी का एहसास ही नहीं है | पता नहीं क्या हो गया था मुझे, जो अपने परिवार से विद्रोह कर इनसे लव-मैरिज कर ली मैंने । दरअसल उस समय तो इनकी बातों ने मुझे ऐसे मोहपाश में बाँध लिया था कि मैं सोच ही न सकी कि इस व्यक्ति के साथ मेरा भविष्य कैसा होगा ? तब तो इनकी कल की चिंता छोड़कर आज को एन्जॉय करने और सिर्फ वर्तमान में ही जीने की फिलॉसोफ़ी इतनी प्रभावशाली लगती थी मुझे कि वे लोग मुझे दुश्मन लगते थे, जो मेरे भविष्य का आईना मुझे दिखाना चाहते थे। पर शादी होने के बाद मैंने जाना कि आज का भविष्य भी कल का वर्तमान होता है, इसलिए उससे मुँह चुराना, उसे नज़रअंदाज करना बेवकूफी है। शादी से पहले इनके जिस मस्तमौलापन पर मुग्ध थी मैं, वही शादी के बाद

मुझे अखरने लगा था। इनके पिता का, जो छोटा सा बिजनेस था- उसे भी नहीं संभाल सके ये | दरअसल विजनेस, मस्ती और लापरवाही के साथ तो नहीं किया जा सकता न ? बिजनेस में जिस गंभीरता और प्रतिबद्धता की ज़रुरत होती है वो तो इनके स्वभाव में थी ही नहीं , इसलिए बिजनेस थोड़े ही दिनों में ठप हो गया|

अब तो रोजमर्रा की जरूरतें पूरी होना भी मुश्किल हो गया। इनका कोई चित्र बिकता या कोई कविता किसी पत्रिका में छपती , तो कुछ दिन ठीक चलता और फिर वही हाल। इसी समय मुझे पता चला कि मैं माँ बनने वाली हूँ | मेरे लिए ये खुशखबरी किसी शॉक से कम न थी। ऐसे लापरवाह इन्सान के भरोसे एक नन्हीं जान को तो इस संसार में नहीं लाया जा सकता था न । हारकर मैंने ही नौकरी के लिए इन्टरव्यू और टेस्ट देने शुरू किए और तब जाकर मुझे ये नौकरी मिली।" थोड़ी देर चुप रहकर अचानक बोल उठी विधि -" जया मैडम, आपने न जाने कितने मोतीदान किए होंगे पिछले जन्म में , जो संजीव सर, पति के रूप में आपको मिले। कितने जिम्मेदार, कितने संतुलित हैं वे। ऐसे बैलेंस्ड लोग इस दुनिया में कम ही होते हैं | सचमुच बहुत भाग्यशाली हैं आप |" अचानक चाय की ओर निगाह पड़ते ही बोली विधि -"अरे बातों-बातों में चाय तो ठण्डी हो गई, मैं दोबारा बनाकर लाती हूँ |" कहकर जैसे ही विधि किचन की ओर गई कि खाली बैठे कमरे का मुआयना करते हुए जया विधि के पीछे की टेबल पर रखे फोटो को देखकर जैसे चक्कर खाकर गिरते-गिरते बची। फोटो में विधि के साथ और कोई नहीं विशाल ही था।

अब सब कुछ जया के सामने स्पष्ट था। विधि विशाल के ही बारे में अब तक बात कर रही थी | सपनों की दुनिया, वास्तविक दुनिया से बिल्कुल अलग होती है- अब ये वो समझ पा रही थी। अपने मम्मी-पापा की दूरदर्शिता पर आज उसे गर्व हुआ। कितनी मूर्ख थी वो ,जो पलाश के फूल में खुशबू ढूँढ रही थी | उसे पता ही न था पलाश का फूल आकर्षक तो लगता है,पर बस कुछ ही समय के लिए। उसने आवाज देकर विधि को चाय बनाने के लिए मना कर दिया |

आज उसे जल्दी से घर पहुँचकर बहुत से काम करने थे। संजीव को 'थैंक्स" कहना था - अपनी जिन्दगी में उसे शामिल करने के लिए, उसकी मूर्खताओं को धैर्य से सहन करने और उसकी अपरिपक्वता के बावजूद उसे प्यार देने के लिए और मम्मी -पापा को फोन करके बताना था कि वो इस बार रक्षाबंधन पर मायके आ रही है। अब उसे अपनी जिन्दगी से कोई शिकवा न था |

∞

2

सुख बिकाऊ नहीं होता

" हाँ ,ठीक है" कहकर फोन रख दिया दिव्या ने। लेकिन सच तो ये है कि उसके मन में आश्चर्य और उत्सुकता अपने चरम पर पहुँच गए थे 'बिन्नी' नाम सुनकर। इतने सालों बाद आखिर बिन्नी जीजी को उसे पत्र लिखने की क्या आवश्यकता पड़ गई? उसका मन कौतूहल से उद्वेलित हो रहा था। उसे याद आया वो दिन, जब गाँव से ताऊजी अपनी बेटी विनीता यानि बिन्नी जीजी को पापा को सौंपते हुए बोले थे - 'ले रामेश्वर, अब बिन्नी की पढ़ाई- लिखाई का जिम्मा तेरा । इसे तेरे पास छोड़कर जा रहा हूँ। दिव्या के साथ ही रहकर पढ़ेगी ये भी।" पिताजी ने दिव्या से कहा- "बेटी, प्रणाम कर इन्हें, तेरे ताऊजी हैं। और ये हैं तेरी बिन्नी जीजी, यहाँ रहकर अब तेरे साथ ही पढ़ेंगी ये भी। " बाद में पता चला कि पिताजी के बाबा दो भाई थे, उनमें से दूसरे भाई की वंशावली से थे ताऊजी। पर ये वो जमाना था जब खानदान के रिश्ते भी आज के खून के रिश्तों से ज्यादा मजबूत और ज्यादा आत्मीय होते थे। वरना आज तो सगे भाइयों के बच्चे भी अपने चचेरे भाई बहनों का परिचय 'कज़िन' के रूप में धड़ल्ले से कराते हैं| 'कज़िन' शब्द से न जाने कैसी दूरी का एहसास होता है दिव्या को|

उसे याद आया कि बिन्नी दीदी के दूध जैसे गोरे रंग के सामने उसे अपने साँवले रंग के कारण थोड़ी हीन भावना तो महसूस हुई, पर घर में ही लगभग हमउम्र सहेली मिल जाने की खुशी ने उसकी इस हीनभावना को तिरोहित कर दिया। बिन्नी दीदी उससे दो साल बड़ी थी, पर पढ़ाई में उससे एक ही क्लास आगे थीं । वो आठवीं में थी और बिन्नी जीजी का एडमीशन नौवीं क्लास में हुआ उसी के स्कूल में । जब उन दोनों की पढ़ाई की सुविधा की दृष्टि से पिताजी ने छत वाले छोटे कमरे के आगे शेड डलवाकर बरामदा बनवा दिया, तो जैसे उन दोनों की दुनिया छत पर ही रोशन हो गई। उसे बागबानी का शौक था, तो उसने टूटे हुए घड़ों पर पेंटिंग कर क्ले से उन्हें सुन्दर रूप देकर उनमें पौधे रोप दिए, वहीं

बिन्नी जीजी ने ताऊजी से जिदकर मंगाई गई ड्रेसिंग टेबल वहीं बरामदे में रख दी |

कभी-कभी दिव्या सोचती थी कि यदि वो बिन्नी जीजी जैसी गोरी और सुन्दर होती तो शायद कोई मेकअप ही नहीं करती, पर बिन्नी जीजी का मेकअप और फैशन के प्रति जबर्दस्त झुकाव था। शायद छोटे से कस्बे से निकलकर शहर आने पर फैशनेबिल और स्मार्ट दिखने का प्रयास था ये उनका | दिव्या की रुचि जहाँ पढ़ाई के साथ वाद-विवाद, संगीत और अभिनय जैसी कलाओं में थी, वहीं बिन्नी दीदी की एकमात्र रुचि खुद के सुन्दर दिखने तथा लोगों को अपनी सुन्दरता से प्रभावित करने में ही थी | कई बार तो बिन्नी दीदी उसकी सारी प्रतिभा को उसके साँवले रंग के सामने फीकी बताकर उसे संकोच और हीनभावना से भर देती थीं- "देख दिव्या,मानती हूँ कि तू पढ़ाई में टॉप करती है, गाने-बजाने, नाटक - बाटक में भी तू बढ़िया है, पर क्या फायदा इन सबका ? शादी के बाजार में इन चीजों का, इन गुणों का कोई मोल नहीं होता, वहाँ तो बस रूप की ही माँग होती है।" ऐसा नहीं था कि दिव्या ये जानती नहीं थी पर बिन्नी दीदी के मुँह ऐसी तीखी बातें सुनकर वो टूट जाती थी। पर इस सबके बावजूद उन दोनों की दोस्ती बरकरार थी।

उसे याद आया जब उसका हाईस्कूल बोर्ड था और बिन्नी जीजी का इण्टरमीडिएट फर्स्टईयर यानि 11वीं क्लास , तब वो उससे अक्सर कहा करती थीं- 'फर्स्ट इयर इज रेस्ट इयर' उनके इस रेस्ट इयर में उनका दिव्या से एकतरफा निर्वाध वार्तालाप और ट्रांज़िस्टर पर लगातार गीत-श्रवण दिव्या की पढ़ाई में कितना बाधक बन रहा है, ये सोचने की तो बिन्नी दीदी को फुर्सत ही नहीं थी। जब बिन्नी जीजी का इण्टरमीडिएट बोर्ड था, तब भी उनकी दिनचर्या में कोई खास अन्तर नहीं आया । यहाँ इन्टर फर्स्ट ईयर होने पर भी दिव्या की व्यस्तता कम न थी | दरअसल चाहे वाद-विवाद हो और संगीत की कोई प्रतियोगिता उसमें दिव्या की भागीदारी किसी न किसी रूप में होती ही थी |

इंटरमीडिएट के बाद कॉलेज में एडमीशन हो जाने पर तो जैसे पंख ही लग गए उन्हें। कोई रोक-टोक नहीं, बिल्कुल स्वतन्त्रता का वातावरण। अब तो उनके पास इतनी चटपटी बातों का भण्डार होता था कि बस पूछो ही मत | लेकिन उन बातों से दिव्या की पढ़ाई कितनी डिस्टर्व हो रही है, इस बात की जैसे उन्हें कोई चिन्ता ही न थी । लिहाजा उसने रात में जागकर पढ़ाई करने का निश्चय किया | कमरे में लाइट जलाकर पढ़ने से बिन्नी दीदी की नींद में खलल न पड़े इसलिए वो छत पर बरामदे में ही पढ़ाई किया करती थी। उसके 'स्टडी आवर्स'

प्राय: रात दस बजे से सुबह तीन -चार बजे तक होते थे। एक रात टॉपिक खत्म करने के धुन में कब सुबह के छह बज गए उसे पता ही नहीं चला। अचानक बिन्नी, जीजी की आवाज से उसका ध्यान भंग हुआ- "अच्छा तो ये हो रही है पढ़ाई, मैं भी कहूँ कि पूरी रात जागकर भला कोई कैसे पढ़ सकता है ? पर अब पता चला कि असली बात तो ये है।" हड़बड़ाकर दिव्या ने बिन्नी जीजी के शरारत से किये गए इशारे की तरफ देखा तो पाया कि उसके मकान से एक मकान छोड़कर जो एम.एल.ए. साहब की बड़ी सी कोठी है, उसकी छत से एक जोड़ी आँखें उसे निहार रही हैं, पता नहीं कब से ? पर दिव्या का तो उस ओर ध्यान ही नहीं था। "आज ही बताती हूँ चाची को, कि उनकी बिटिया कैसी पढ़ाई कर रही है।" बिन्नी जीजी की ये बात सुनकर तो जैसे अपराध-बोध में आकण्ठ डूब गई दिव्या । कैसे बताए उन्हें कि उसने तो कभी इस तरफ ध्यान ही नहीं दिया। पर बिन्नी जीजी कब मानने वाली थीं। हारकर दिव्या ने नीचे छोटे आँगन में पढ़ना शुरू कर दिया। पर अभी भी बिन्नी जीजी की शरारत भरी मुसकान उसे डरा देती थी कि कहीं ऐसा न हो कि जीजी उस निराधार बात को लेकर माँ के सामने कोई मजाक ही कर दें।

दीदी के कॉलेज में छात्रसंघ के चुनाव हुए । पास की कोठी वाले एम.एल.ए. साहब का बेटा राजन ठाकुर भी अध्यक्ष पद के लिए खड़ा हुआ। बिन्नी जीजी तो उसके प्रचार में ऐसे जुट गई जैसे राजन की जीत उनके जीवन- मरण का प्रश्न हो । चुनाव को लेकर जीजी के अतिरिक्त उत्साह को देखकर दिव्या आश्चर्यचकित थी, लेकिन अपनी एक अलग ही दुनिया में व्यस्त जीजी से कुछ भी पूछना बेकार था। वैसे भी छत वाली घटना के बाद उसकी जीजी से बात कम ही होती थी । और फिर इस बार बोर्ड की परीक्षा थी उसकी। अत: उसके पास बेकार की बातों में उलझने का समय भी नहीं था। इण्टरमीडिएट में पूरे जिले में टॉप करने पर दिव्या का एडमीशन साइंस कॉलेज में हो गया जबकि बिन्नी जीजी उस समय आर्ट्स कॉलेज में बी. ए. सेकेण्ड ईयर में थीं ।

शायद फरवरी का महीना था। रात में देर तक पढ़ने के बाद दिव्या की आँख लगी ही थी कि माँ की घबराहट भरी आवाज से उसकी नींद खुल गई। माँ पूछ रही थी- "दिव्या, तुझे मालूम है कि बिन्नी कहाँ गई ? "क्यों, वो अपने कमरे में नहीं है?" आँखे मलते हुए पूछा दिव्या ने । "नहीं, मैंने कमरे, छत, बाथरूम सब जगह देख लिया, बिन्नी कहीं नहीं है।" दिव्या ने भी पूरे घर में देखा जीजी कहीं नहीं थी। हाँ, उनके तकिये के नीचे दो लाइन का एक पत्र रखा था - "आदरणीय चाचाजी एवं चाचीजी, सुखद भविष्य की कामना लिए जा रही हूँ। आपका

आशीर्वाद चाहिए।" सुनकर घबरा कर बोल उठी माँ-" अब मैं दुनिया को क्या मुँह दिखाऊंगी ? सब कहेंगे, मेरी परवरिश में ही खोट थी।" सचमुच ताऊजी और ताईजी माँ और पिताजी का स्नेह, प्यार, सेवा सब कुछ भूलकर न जाने कितनी बातें सुना गए और साथ ही परिवार से रिश्ता भी खत्म कर गए | बाद में पता चला कि पड़ोसी एम. एल. ए. साहब के बेटे राजन ठाकुर के साथ शादी करके लौट आई हैं बिन्नी जीजी। शादी के पांच ही महीने बाद वे एक बेटी की माँ भी बन गयीं | बिन्नी जीजी की कलंक- गाथा से घबराकर न सिर्फ माँ-पिताजी ने वो घर बदल लिया, बल्कि दिव्या के विवाह के लिए वर देखना भी शुरू कर दिया, बिना ये सोचे कि उनकी प्रतिभाशाली बिटिया का सपना कॉलेज में लेक्चरर बनना है। वो तो भला हो उसके साँवले रंग का जिसकी वजह से बात जल्दी बन न सकी और दिव्या की ग्रेजुएशन के दो साल पूरे हो गए। पर वो बी.एससी. के तीसरे वर्ष में प्रवेश ले भी न पाई थी कि नलिन के परिवार के 'हाँ' करते ही उसकी शादी नलिन से कर दी गई। बी. एससी. फाइनल की परीक्षा के लिए उसे ससुरालवालों का विरोध झेलना पड़ा | लेकिन नलिन के सहयोग के कारण जैसे-तैसे उसने परीक्षा दे ही दी। ज़ाहिर था कि इन परिस्थितियों में उसका परफॉरमेंस पिछले सालों जैसा नहीं रह पाया,जिसके लिए वो काफी दिनों तक अकेले में रोती रही | बस, फिर धीरे धीरे वो अपने सपने को दफना कर घर-गृहस्थी के साथ तालमेल बैठाने में लग गई।

आज से लगभग तीन साल पहले, बिन्नी दीदी की बेटी की शादी का कार्ड मिला। साथ ही एक छोटे से पत्र में बिन्नी दीदी ने शादी में उसे सपरिवार आने का आग्रह किया था। नलिन से पूछा तो उन्होंने कहा- "चलो, पहले जो हुआ सो हुआ। पर अब इतने सालों बाद तुम्हारी दीदी ने तुम्हें याद किया है तो तुम्हें सब पिछली बातें भुलाकर चले जाना चाहिए |" नलिन यूं भी काफी सुलझे हुए विचारों के हैं, लिहाजा वो छवि और क्षितिज को साथ लेकर शादी में सम्मिलित होने चली गई। उसे बिन्नी दीदी से काफी प्रश्न भी पूछने थे कि कैसे उन्होंने उस समय इतना बड़ा निर्णय ले लिया और उसे इस निर्णय के बारे में संकेत देना भी उचित नहीं समझा | दीदी के घर पहुँची तो सारी कोठी सजावट से जगमगा रही थी। वैभव प्रदर्शन की कोई कसर नहीं छोड़ी गई थीं। अंदर पहुँची, तो किसी स्त्री ने उसे गले से लगा लिया। भारी- भरकम साड़ी और गहनों से लदी वैसी ही भारी भरकम काया वाली बिन्नी दीदी को वो पहचान ही न सकी | ये तो उनके कण्ठस्वर से पता चला कि वो बिन्नी जीजी ही है। बड़े उत्साह से हाथ पकड़कर बिन्नी जीजी ने उसे सारी कोठी , लॉन, बगीचा, स्वीमिंग पूल विस्तृत वर्णन के साथ घुमाया, बिना ये

चिन्ता किए कि वो सफर से थकी हुई आ रही है और उसे नहीं तो बच्चों को तो भूख लगी ही होगी।

उसे एक गेस्टरूम में ठहराया गया, जो लगभग फाइवस्टार होटल की सुविधाओं से लैस था। थोड़ी ही देर में वर्दीधारी नौकर ट्रॉली में नाश्ता लेकर आ गया। बच्चे तो नाश्ता करके खेलने-कूदने बाहर निकल गए और दिव्या बिस्तर पर लेट गई। अभी उसकी आँख लगी ही थी कि बाहर किसी के चिल्लाकर डाँटने की आवाज से नींद खुल गई। कमरे से बाहर निकलकर देखा तो कोई व्यक्ति छवि-क्षितिज को जोर से डांट रहा था कि उन्होंने विदेशी दुर्लभ फूल के पौधे से फूल क्यों तोड़ लिया ? दर्प मिश्रित उसकी रौबीली आवाज से तो दिव्या भी घबरा गई। उसके पलटने पर दिव्या ने उसे देखा तो याद आया कि ये तो राजन ठाकुर हैं- जीजी के पति । सहमे हुए बच्चों को कमरे में लेकर आ गई दिव्या । बच्चों ने शायद अपनी जिन्दगी में पहली बार किसी अजनबी से ऐसी डांट खाई थी। रात को शादी के डिनर पर भी बच्चे सहमे से ही रहे। हाँलाकि जीजी डिनर में परोसे गए हर व्यंजन की विशेषता बताते हुए उनसे खाने का आग्रह कर रही थी, पर पता नहीं क्यों, उस आग्रह में आत्मीयता और स्नेह से ज्यादा प्रदर्शन की भावना ने दिव्या के खाने का स्वाद फीका कर दिया था|

शादी के बाद दूसरे दिन विदाई में उसे और बच्चों को काफी दामी गिफ्ट्स विदाई के रूप में दिए गए | पर उसे विदाई की साड़ी थमाते हुए जीजी कहने से न चूकी-"बड़ी महंगी साड़ी है दिव्या । तू तो शादी ब्याह में पहनकर जाना ये साड़ी | अच्छा रौब पड़ेगा तेरा।" सुनकर मन बिलकुल बुझ गया। अपनी शानो शौकत के दिखाने में लोगों की भावनाएं और संवेदनाएं कैसे मर जाती हैं? जीजी के वैभव प्रदर्शन से अब तक वो काफी ऊब चुकी थी। लग रहा था कि बस कब वो अपने घर वापिस पहुंचे।

तबसे लगभग 3 साल हो गए हैं जीजी की बेटी के ब्याह को । कहाँ तो तब से फोन पर भी कोई बात नहीं हुई और अब ये लैटर ! क्या बात हो सकती है ? समझ नहीं पा रही थी दिव्या। छाया लैटर लेकर आई थी तो जल्दी ही उसे चाय पिलाकर विदा कर दिव्या ने बड़ी उत्सुकता और उद्विग्नता के साथ पत्र खोला | लिखा था -

प्रिय दिव्या ,

मधुर स्मृति

मेरा पत्र पाकर निसंदेह आश्चर्यचकित हो जाओगी तुम। होना स्वाभाविक भी है। पर कुछ बातें हैं, जिन्हें कहे बिना यदि इस दुनिया से चली गई तो मुझे शान्ति नहीं मिलेगी। कैंसर से पीड़ित जिन्दगी मेरा ज्यादा साथ नहीं दे पाएगी, मैं जानती हूँ । इस रुग्णावस्था में तुम्हारे निश्छल और स्नेहिल व्यवहार की स्मृतियाँ ही मेरा पाथेय हैं। पर तुम्हारे साथ होने पर मैं उनका मूल्य नहीं समझ सकी। मेरा बस ये मानना था कि लड़कियों की शादी बड़े घर में हो जाए, एक अमीर पति मिल जाए तो उनकी जिन्दगी सार्थक है। मेरे हिसाब से उसके लिए रूप-सौन्दर्य ही एकमात्र योग्यता है, और वो सौन्दर्य मेरे पास भरपूर था, इसलिए मैंने कभी तुम्हारी योग्यता की कद्र नहीं की,बल्कि सच तो ये है कि तुम्हारी योग्यता मुझमें ईर्ष्या का भाव ही जगाती थी। दरअसल स्कूल में, रिश्तेदारी में, पड़ोसियों में, हर जगह तुम्हारी प्रशंसा मुझमें अन्दर ही अन्दर जलन पैदा कर देती थी। ईर्ष्या की इस चिंगारी ने तब भयंकर दाह का रूप ले लिया, जब मैंने सामने वाली कोठी से राजन को तुम्हें निहारते हुए देखा। याद है न 'चाची को बता दूंगी' ऐसा कहकर मैंने तुम्हारा छत पर जाना ही बन्द करवा दिया था। दरअसल वो आलीशान कोठी तो मेरा सपना थी। उस कोठी का वारिस यदि तुम्हारी तरफ आकर्षित हो जाता तो मेरे तो सपने चूर-चूर हो जाते। कितनी हसरत से न जाने कब से निहारा करती थी मैं उस कोठी को। तुम्हें रास्ते से हटाकर मैंने छत पर पढ़ने का या यूं कहो पढ़ने का नाटक शुरू कर दिया। पास वाली कोठी की छत पर वे आँखे कुछ दिन तक तो तुम्हें ढूँढती रहीं, लेकिन अन्ततः अपने सौन्दर्य और हावभाव से मैंने उन्हें अपनी ओर खींच ही लिया। छात्रसंघ के चुनाव में बढ़ चढ़कर उसका प्रचार भी मैंने उसकी नज़रों में आने के लिए ही किया था । अब अन्त समय में झूठ नहीं बोलूंगी कि इसके पीछे कहीं न कहीं ये साबित करना था कि योग्यता और सौन्दर्य में अंत में सौन्दर्य का ही पलड़ा भारी होता है। राजन की न सिर्फ जाति ही हमसे भिन्न थी बल्कि उनका स्टेटस भी हाई था। आखिर उनके एम.एल.ए. पिता का राजनीति अच्छी पैठ थी, समाज में विशेष सम्मान था। ऐसे में राजन को पाने का मुझे एक ही तरीका नज़र आया कि मैं उसे कुछ इस तरह मजबूर करूं कि वो मुझसे शादी के लिए इन्कार न कर सके | सच पूछो, तो मैंने ही उसे भागने के लिए उकसाया था। वो भी तब जब विधान सभा के चुनाव नजदीक थे। मुझे मालूम था कि ऐसी परिस्थिति में ठाकुर परिवार मुझे बहू के रूप में स्वीकार करने से इन्कार नहीं कर सकेगा और हुआ भी ऐसा ही | तब मुझे लगा कि मैंने अपने रूप-सौन्दर्य से वैभव को खरीद लिया है और वैभव से सुख तो खरीदा ही जा सकता है।

ठाकुर परिवार ने विवशता में मुझे बहू के रूप में स्वीकार तो कर लिया पर कभी भी मुझे वो सम्मान नहीं मिल सका जो उस परिवार की बहू को मिलना चाहिए था | दोष देती तो किसे ? क्योंकि मैंने उस परिवार के लोगों की ज़िन्दगी में जिस तरह प्रवेश किया था,वो किसी भी तरह शालीन तो नहीं था | धीरे-धीरे मेरे प्रति इनका आकर्षण भी फीका पड़ता गया और प्रेम और मान- मनुहार की बातों की जगह ले ली - हिकारत और विषबुझे तानों और बाणों ने- कि यदि उस समय मैंने इन्हें अपने जाल में न फंसाया होता तो ये कैबिनेट मंत्री के दामाद होते और इनकी राजनीति की राह काफी आसान होती | फिर ये भी अपने पिता की तरह राजनीति में रमते गए और मैं उनकी जिन्दगी में अप्रासंगिक सी होती गई। मेरी उपयोगिता बस चुनाव के समय जनता से वोट माँगने तक ही सीमित हो गई थी। वरना कोठी की बेजान वस्तुओं की तरह सजावट की वस्तु बन जाना ही मेरी नियति थी। राजन से शादी के निर्णय में जहाँ ऐशो-आराम के प्रति मेरा आकर्षण जिम्मेदार था वहीं तुम्हारी योग्यता और प्रशंसा के प्रति ईर्ष्या का भाव भी एक बहुत बड़ा कारण था | योग्यता में तो तुम्हें हराना असंभव था, तो मैंने अपनी बुद्धि के अनुसार जीतने के लिए ये दाँव खेला | पर इस दाँव से कैसे मैं अपना सब कुछ हार गयी, ये मैं ही जानती हूँ |

बेटी की शादी पर अपने वैभव के प्रदर्शन से चकाचौंध कर तुम्हारी आँखो में ईर्ष्या और लालसा भाव देखना ही अब मेरी कामना थी। तुम आईं, लेकिन मेरे ऐश्वर्य, मेरे वैभव से बिल्कुल निस्पृह, अपने आप में संतुष्ट | कितना तड़प उठी मैं ! तुम्हारी आँखो में स्पृहा की हल्की सी झलक से भी मैं अपने जीवन के अपमान और कष्टों को भुला सकती थी। लेकिन तुम ये भी न कर सकीं । इसके विपरीत अपने आत्मविश्वास और संतोष से तुमने मुझे मेरी ही नजरों में और भी गिरा दिया। कितने दिन घायल सिंहनी की तरह तड़पी हूँ मैं, ये मैं ही जानती हूँ| तुमने मेरे सारे दाँव बेकार जो कर दिए थे।

लेकिन आज कैंसर की अन्तिम अवस्था में मृत्युशय्या पर मुझे महसूस हो रहा है कि जीवन के प्रति मेरा दृष्टिकोण कितना गलत था। आज तुम्हारे द्वारा Beauty or brain जैसे किसी विषय पर वाद- विवाद प्रतियोगिता में तुम्हारे द्वारा कही गई पंक्तियाँ कानों में गूंज रही हैं, जहाँ तुमने कहा था - "सुख बिकाऊ नहीं होता। उसे तो योग्यता के गर्भ में अपने परिश्रम के रक्त से सींचना होता है। असफलता की प्रसव -पीड़ा को झेलना पड़ता है और पा लेने पर संतोष के पालने में संयम की डोरी से सहेजना होता है, नहीं तो पता ही कब ये सुख नटखट शिशु की भाँति हाथों से छिटक जाता है |"

आज अपनी मूर्खताओं की वजह से अपना सब कुछ गँवाकर सोच रही हूँ कि कैसा खिलवाड़ किया मैंने अपनी जिंदगी और साथ ही तुम्हारी भी ज़िन्दगी से । यदि मैं उस समय घर छोड़कर न भागती तो चाचाजी तुम्हारी शादी इतनी जल्दी न करते और तब तुम डिग्री कॉलेज में लेक्चरर बनने का अपना सपना पूरा कर पातीं | चाचाजी को घर से बेघर कर विस्थापित करने और चाचीजी की असमय मृत्यु के लिए मैं ही जिम्मेदार हूँ। अब बस, मैं यही कामना करती हूँ कि अगले जन्म में चाचाजी- चाचीजी की बेटी और तुम्हारी बहन के रूप जन्म लेकर अपनी सारी गलतियों को सुधार सकूँ । बहन कहलाने लायक तो नहीं हूँ मैं, पर फिर भी कह रही हूँ कि हो सके तो अपनी इस बहन को क्षमा कर देना | शायद तुम्हारी माफी के बाद ही मेरे प्राण इस शरीर को छोड़ सकेंगे |

पुनश्च- पत्र पढ़कर फाड़ देना।

तुम्हारी अभागी जीजी

बिन्नी

पत्र फाड़ते हुए समझ नहीं पा रही थी दिव्या कि उसकी आँखों से आँसू क्यों बह जा रहे हैं ? बस, वह ईश्वर से यही प्रार्थना कर रही थी कि जीवन भर सुख के छलावे से छली गई बिन्नी जीजी को अब वे अनन्त सुख और शांति प्रदान करें।

∞

3

अगले जनम मोहे .....

श्रुति के जाने के बाद चाय लेकर टेरेस पर बैठी ही थी रेवती, कि हरिया ने आकर सूचना दी - मॉजी 'सुगृहिणी' पत्रिका से कुछ लोग आए हैं, आपसे मिलना चाहते हैं।" "मुझसे? लेकिन क्यों?" जानती थी कि इस प्रश्न का जबाब हरिया के पास नहीं, लेकिन फिर भी पूछा रेवती ने । कृति का जबसे पी. सी. एस. में चयन हुआ है, उसका इन्टरव्यू लेने, उसे बधाई देने तो आते ही रहे हैं लोग, पर अब तो वो ट्रेनिंग के लिए चली गई है और फिर हरिया का कहना है कि वे लोग उससे ही यानि रेवती से मिलने आए हैं, इसलिए कुछ अजीब सा लग रहा है उसे।

ड्राइंगरूम में रेवती के पहुँचते ही सम्मान में खड़े हो गए आगंतुक । "कहिए क्या सेवा कर सकती हूँ मैं आपकी ?" पूछने पर उनमें से एक ने जबाब दिया-" रेवती जी, मैं 'सुगृहिणी' पत्रिका का सम्पादक नागेन्द्र हूँ । हम अपनी पत्रिका का आगामी अंक 'बेटी विशेषांक' के रूप में प्रकाशित कर रहे हैं। इस विशेषांक में हम ऐसी महिलाओं का परिचय लोगों के समक्ष लाना चाहते हैं, जिन्होंने संघर्ष ने बावजूद अपनी बेटियों को शिक्षित करने के साथ समाज में उच्च स्थान दिलाया है। आपसे बढ़कर इसका उदाहरण और कौन हो सकता है ? आपने अकेले ही अपनी दोनों बेटियों का पालन- पोषण जिस प्रकार किया है, वो अनुकरणीय है। तभी तो आपकी एक बेटी जहाँ प्रतिष्ठित डॉक्टर है, वहीं दूसरी ने पी.सी.एस. प्रतियोगिता में सफलता प्राप्त की है। ये दोनों ही उपलब्धियाँ साधारण तो नहीं। फिर आपका एन. जी. ओ. 'नन्हीं कलियाँ' जिस तरह से समाज की निर्धन और वञ्चित लड़कियों को शिक्षित और आत्मनिर्भर बना रहा है, वो तो निसंदेह प्रशंसनीय है। अगले रविवार को हम ऐसी आदर्श महिलाओं को सम्मानित भी करना चाह रहे हैं। रेवती जी, ये सम्मान समारोह आपके सम्मान के बगैर तो अधूरा होगा। इसलिए इस समारोह में आपकी उपस्थिति प्रार्थनीय है। रेवती जी,

आप अपनी संघर्ष गाथा हमारी पत्रिका की सहसम्पादिका मानसी को थोड़ा विस्तार से बताइए, हम उसे अपनी पत्रिका में प्रकाशित कर धन्य महसूस करेंगे।"

अचानक आए इस प्रस्ताव से अचकचा उठी रेवती | अपनी जीवन-यात्रा के बारे में क्या बताये वो उन्हें ? शायद अतीत के गर्त में गहरे उतरने लिए ही उसने अपनी आँखें बन्द कर ली ।आँखें बन्द करते ही जीवन के धुंधले पड़ चुके दृश्य उसकी आँखों के सामने जैसे जीवन्त होने लगे |अतीत के तल से वर्तमान की सतह पर आने वाले पानी के बुलबुलों के समान उसके मुख से भी से शब्द जैसे खुद ही झरने लगे। "क्या कहूँ? बचपन और युवावस्था तो मेरी भी वैसी ही थी, जैसी सामान्य भारतीय लड़कियों की होती है। माँ - बाबू जी की प्यारी थी मैं और पढ़ने-लिखने में विशेष रुचि होने के कारण शायद अधिक लाड़ली भी। बड़े चाव से बाबू जी ने मेरे लिए पढ़ा-लिखा वर और परिवार ढूंढा । तीन भाइयों में मेरे पति सबसे छोटे थे। उनके दोनों भाई तो सर्विस में होने के कारण अपनी-अपनी पोस्टिंग के शहर में रहते थे, पर मेरे पति का चूंकि व्यापार था इसलिए मैं अपनी सासू माँ के साथ पैतृक मकान में रहती थी। शादी के बाद एक साल का समय तो जैसे पंख लगाकर उड़ता रहा। पर समय के इन पंखों की रफ्तार कुछ धीमी होती तब महसूस हुई, जब मुझे अपने प्रेग्नेंट होने पता चला। प्रेग्नेंसी के पांच महीने बीतने पर मेरी सासू माँ मेरा अल्ट्रा साउण्ड कराने के लिए ले गई। मैं तो सामान्य चैकअप समझकर उनके साथ गई थी, पर जब रिपोर्ट आने के बाद मेरी सास डॉक्टर से मेरे गर्भपात की बात करने लगी, तो मुझे पता चला कि वास्तव में मेरी सास भ्रूण के लिंगपरीक्षण के लिए मुझे लेकर आई थी। वास्तविकता जानकर मैंने उन्हें समझाया कि मेरी सन्तान लड़का हो या लड़की, जब मुझे इस बात से कोई फर्क नहीं पड़ता तो आप क्यों ये कराना चाहती हैं ? मेरी संतान को इस संसार में आने का पूरा अधिकार है | मैं उससे उसका ये हक किसी को नहीं छीनने दूँगी |" उस समय तो लोकलाज और हंगामे के डर से मेरी सास मुझे घर वापिस ले आई लेकिन अपने रूखे व्यवहार और तीखी बातों की धार से जैसे वे मुझसे बदला सा लेने लगी | मुझे पूरा विश्वास था कि माँजी भले ही अपने पुराने विचारों के कारण बेटियों की आगमन की पक्षधर न हों,पर मेरे पति मेरा सपोर्ट जरूर करेंगे। आखिर वे पढ़े-लिखे हैं, नए जमाने के हैं। पर पति का उखड़ा हुआ मूड देखकर मेरा विश्वास भी कुछ चटकने सा लगा । फिर भी मेरे मन के किसी कोने में ये आशा थी कि देर सवेर ही सही , मेरे पति की ये धारणा जरूर बदलेगी।

लगभग पन्द्रह दिन बाद मुझे महसूस हुआ कि शायद मेरी आशा फलीभूत हुई है, जब पति के व्यवहार में मुझे फिर से परिवर्तन नज़र आया | अब वे फिर

मुझसे बड़े प्यार से पेश आने लगे थे । मेरे खाने पीने का विशेष ख्याल रखने लगे थे । मुझे चैकअप के लिए डॉक्टर के पास ले गए। यहाँ तक कि अब वे मुझे खुद अपने हाथों से दवा भी खिलाने लगे। मुझे लगा कि अब सब कुछ ठीक हो रहा है। पर एक सप्ताह बाद अचानक मेरी तबियत बिगड़ने लगी। यहाँ तक कि रात में अचानक मेरे बेहोश हो जाने पर मुझे हॉस्पीटल में एडमिड कराना पड़ा। दो-तीन दिन एडमिड रहने पर जब मेरी हालत कुछ ठीक हुई तो राउण्ड पर आई हुई डॉक्टर ने प्रश्न किया- "रेवती, क्या तुम अभी माँ नही बनना चाहती थीं ? चौंक उठी मैं | मैंने उल्टे डॉक्टर से ही प्रश्न किया- "नहीं डॉक्टर, पर आपको ऐसा क्यों लगा ? "इसलिए कि तुम्हारी जो हालत हुई, उसका कारण वो दवाएं थीं, जो तुम खा रही थीं । जाहिर है कि तुम बच्चा नहीं चाहती थीं, इसीलिए तो तुम गर्भपात होने के लिए दवाएं ले रही थीं ।" ये सुनकर जैसे सीधे आसमान से जमीन पर गिरी मैं । अब मुझे अपनी सास और पति के बदले हुए व्यवहार का कारण समझ आने लगा था। वे मेरे गर्भ में पल रही इस नन्हीं सी जान को इस धरती पर नहीं आने देना चाहते थे। वो भी सिर्फ इसलिए कि वो लड़की थी। इस युग में भी ये सामन्ती विचारधारा मेरी समझ से बाहर थी। मैं रो पड़ी - "डॉक्टर, मैं किसी भी कीमत पर अपनी अजन्मी बेटी को बचाना चाहती है। बताइए मैं क्या करूँ?"

"अजन्मी बेटी नहीं, बेटियों को कहो, क्योंकि तुम्हारे गर्भ में जुड़वाँ बच्चियाँ पल रही हैं। लेकिन ये सूचना निश्चित रूप से तुम्हारे ससुराल वालों के लिए तो एकदम शॉकिंग होंगी, इसलिए उन्हें ये बात मैं नहीं बताऊँगी। बस, अब तुम्हें ये करना होगा कि अपने ससुराल वालों के द्वारा दी गई कोई भी दवा तुम मत खाना । बल्कि विटामिन्स और कुछ जरूरी दवाएं मैं तुम्हे दे रही हूँ, तुम उन्हें ही खाना। आशा है कि बेटियों के जन्म के बाद तुम्हारे ससुराल वालों का हृदय जरूर परिवर्तित हो जाएगा।"

डॉक्टर का सपोर्ट मिलने पर उसकी बात मानकर मैं आशंकाओं के भँवर में डूबती- उतराती ससुराल वापिस आ गई। ऊपर से तो मैंने कुछ जाहिर नहीं होने दिया लेकिन अब खाने पीने और दवा लेने में मैं बेहद सतर्क हो गई थी। कुछ माह बीतने पर मैंने जब जुड़वाँ बेटियों को जन्म दिया तो जैसे मेरी सास और पति को जोरदार झटका लगा। मुझे लगता था कि शायद बेटियों के इस संसार में आ जाने पर उनका भोला मुख देखकर मेरी सास और पति में बदलाव आ जाएगा लेकिन मेरी ये आशा तब निर्मूल सिद्ध हो गई जब प्रसव के 15 दिन बाद एक रात जब मेरी नींद खुली और बेटी की नैपी लेने के लिए मैं बाहर बरामदे में निकली तो सासूमाँ के कमरे आती हुई बातचीत की आवाज ने मेरी उत्सुकता को सहज ही

जगा दिया। हालांकि आवाजें धीमी थीं लेकिन रात्रि की निस्तब्धता के कारण थोड़ा सा ध्यान देने पर सुनाई देने लगीं। मेरी सास मेरे पति से कह रही थीं- "तुमसे कुछ नहीं हो सकेगा, ये मैं समझ गई हूँ । यदि तुम रेवती को सही ढंग से गर्भपात की दवा दे सकते तो आज ये दिन न देखना पड़ता। अब भी कुछ नहीं बिगड़ा है, मैं तुम्हारी जगह होती तो अब तक चुपचाप गला दबाकर ये किस्सा ही ख़तम कर देती | लेकिन तुम तो निकले बिल्कुल डरपोक | देखो, दो दिन में यदि ये काम तुम न कर सके तो फिर मैं ही ये काम अपने हाथ में लूँगी।" थोड़े विराम के बाद पति की आवाज आई- "ठीक है, मैं दो दिन में काम खतम करने की कोशिश करता हूँ, पर आगे का मामला आप ही को संभालना होगा।" "हाँ, हाँ, उसकी चिन्ता तुम ना करो। मंझली बहू की बार भी तो मैंने ही मामला सँभाला था, तब किसी को जरा भी शक हुआ था क्या ? पर था ये , कि मँझले ने हॉस्पीटल से घर आते समय तीसरे ही दिन लड़की का काम तमाम कर दिया था, इसलिए बात सँभालने में ज्यादा दिक्कत नहीं हुई, पर तुमने तो आज-कल करते-करते पन्द्रह दिन निकाल दिए।"

अब मुझसे और न सुना गया। मेरी बेटियों की जान खतरे में थी, मुझे कैसे भी उनकी रक्षा करनी थी। जैसे ही मुझे लगा कि मेरी सास और पति की नींद लग गई है, मैं अपनी दोनों बेटियों को लेकर घर से निकल गई। बदहवासी मैं कैसे स्टेशन पहुँची, कैसे ट्रेन में बैठकर अपने मायके आई मुझे कुछ भी याद नहीं। वहाँ पहुँची तो सारी बात सुनकर मेरे माँ-बाबूजी भी स्तब्ध रह गए। हाँलाकि पापा रिटायर्ड थे, सामान्य सी पेंशन ही उनका सहारा थी, पर उन्होंने मेरा एम.ए. में एडमीशन कराया। ट्यूशन करते-करते एम.ए. के बाद मैंने पी. एचडी. की । दो नन्हीं बच्चियों की देखभाल में जहाँ कदम-कदम पर माँ मेरे साथ थीं, वहीं हरदम बाबूजी मेरा हौसला बढ़ाते रहते थे। तलाक के लिए मेरे साथ कोर्ट-कचहरी के चक्कर बाबूजी को शारीरिक और के मानसिक रूप से चाहे कितना भी थका देते थे, पर उन्होंने कभी व्यक्त नहीं होने दिया । बाबूजी मेरा ऐसा संबल थे, जिसने कभी परिस्थितियों के सामने मुझे झुकने नहीं दिया |

माँ- बाबूजी का आशीर्वाद और मेरी मेहनत रंग लाई और मेरी नियुक्ति डिग्री कॉलेज में प्रवक्ता के रूप में हो गई। नियुक्ति के बाद लगा कि मेरी परेशानियों के दिन शायद खत्म हो गए हैं, लेकिन एक महीने बाद ही बाबूजी स्वर्ग सिधार गए। ऐसा लगा जैसे वो मेरे जीवन को व्यवस्थित करने का कर्त्तव्य पूरा करने के लिए ही दुनिया में रुके हुए थे। बहुत मुश्किल था खुद को संभालना, लेकिन अपनी बेटियों के लिए बाबू जी से किया वादा मुझे निभाना था। उन्होंने उन्हें जिन ऊंचाइयों तक

पहुँचाने का सपना देखा था, उसे पूरा करना ही मेरी उनके प्रति सच्ची श्रद्धाञ्जलि हो सकती थी। इसलिए अनेक बाधाओं के बावजूद मैंने अपनी बेटियों की शिक्षा में कोई कमी न आने दी। मुझे लगा कि मेरे समान और भी स्त्रियाँ ऐसी होंगी, जिन्हें बेटियों के कारण दुर्व्यवहार सहन करना पड़ता होगा। यही सोचकर अपनी बेटियों के साथ समाज की अन्य बेटियों को भी उनके लक्ष्य तक पहुँचाने का संकल्प लेते हुए मैंने एक एन.जी.ओ. शुरू किया, जो 'नन्हीं कलियाँ' रूप में आप लोगों के सामने है। इसके माध्यम से ज्यादा से ज्यादा गरीब और वञ्चित लड़कियों को उनके पैरों पर खड़ा करना, उन्हें स्वाभिमान से जीना सिखाना ही अब मेरा ध्येय है।" अपनी कहानी सुनाते-सुनाते कब रेवती की आँखे भीग गई थीं, उन्हें खुद भी पता न चला।

पत्रिका की सहसम्पादिका के चले जाने के बाद भी रेवती न जाने कब तक स्मृतियों में डूबते-उतराते ड्राइंगरूम में ही बैठी रहीं। श्रुति ने आकर जब उनके गले में बाहें डालकर कहा- "माँ, खाना लगा दो, बहुत तेज भूख लगी है"। तो चौंककर कह उठी रेवती - "अरे, लंच टाइम हो गया, मुझे पता ही नहीं चला।"

खाना खाते-खाते श्रुति बोली- "माँ, तीन-चार दिन पहले हमारे हॉस्पीटल में एक एक्सीडेंट का केस आया था। वैसे तो ये कोई नई बात नहीं, ऐसे केसेस आते ही रहते हैं। जब वो व्यक्ति लाया गया था, तो बेहोश था। पूरे चौबीस घण्टे बाद उसे होश आ पाया था। पर अब जब मैं राउण्ड पर जाती हूँ, तो वो मुझे ऐसे गौर से देखता है, जैसे मुझे पहचानने की कोशिश कर रहा हो। हाँलाकि मैं तो उसे जानती भी नहीं। बड़ा ही दुखी सा लगता है बेचारा।" कहकर श्रुति तो चली गई लेकिन न जाने क्यों रेवती को मातृहृदय आशंकित हो उठा। कौन होगा ये व्यक्ति, कहीं वो श्रुति को नुकसान तो नहीं पहुँचाना चाहता? रेवती तो हमेशा ही ईश्वर से यही प्रार्थना करती है कि शक्ल- सूरत में भले ही श्रुति उसकी प्रतिच्छाया हो, लेकिन उसके भाग्य पर रेवती के दुर्भाग्य की छाया तक न पड़े। वैसे तो श्रुति कह रही थी कि वो व्यक्ति बड़ा ही निरीह, बेचारा और दुखी सा लगता है, पर उसकी निगाह में न जाने कैसा स्नेह ,करुणा , दुख और याचना सी होती है कि श्रुति असहज सा महसूस करने लगती है।

अगली सुबह नाश्ते पर श्रुति ने पूछा- "माँ आज 26 जनवरी है, आप पेशेन्ट्स को फल बाँटने हमारे हॉस्पीटल आएगी न?" "हाँ हाँ, क्यों नहीं, बिलकुल आऊँगी मैं तुम्हारे हॉस्पीटल"। कहा रेवती ने । रेवती 'स्वतंत्रता दिवस' 'गणतंत्र दिवस' जैसे विशेष अवसरों पर अपनी संस्था की ओर से हॉस्पिटल में पेशेंट्स को फल वितरित किया करती थी । पर इस बार तो फल बांटने के साथ रेवती उस श्रुति को

घूरने वाले व्यक्ति को खुद देखना चाहती थी | हो सके तो उससे अपनी बेटी को को घूरने का कारण पूछना चाहती थी, वरना उस मन आशंकित ही बना रहेगा। हॉस्पीटल में कुछ पेशन्ट्स को फल बाँटकर रेवती जैसे ही मेल वार्ड के बेड नम्बर छह पर पहुँची कि उस पर लेटे हुए व्यक्ति को देखकर फल उसके हाथ से छूट गए । फलों के गिरने से उस व्यक्ति आँख खुल गई। अचानक उसके मुँह से निकला-"रेवती ,तुम ?" पास खड़ी श्रुति ने चौंककर पूछा- "माँ, ये आपको कैसे जानते है ? आप भी जानती हैं क्या इन्हें "? अब रेवती क्या जबाब दे श्रुति को ? जो व्यक्ति उसकी अजन्मी बेटियों को मारना चाहता था, उन्हें संसार में आने ही नहीं देना चाहता था , उसका परिचय उसके पिता के रूप में तो कराया नहीं जा सकता था। इसलिए उसके मुँह से धीरे से निकला - "ये वो व्यक्ति है, जिससे मेरी शादी हुई थी। " यानि ये मेरे पापा हैं ?" श्रुति ने पूछा। जबाव दिया उस व्यक्ति ने-" नहीं बेटी , तुम्हारा पिता कहलाने का अधिकार तो मैंने उसी दिन खो दिया था, जिस दिन मैंने अपनी बेटियों को मारने की साजिश की थी। बेटे का पिता बनाने का चाह मुझ पर इतनी हावी थी कि तुम लोगों के जन्म के बाद भी मैंने तुम्हें खत्म करना चाहा। ये तो तुम्हारी माँ थी, जिसने सारी मुसीबतों और परेशानियों का सामना कर तुम्हारी रक्षा की, तुम्हें पढ़ाया लिखाया और इस ऊँचाई तक पहुँचाया । मैंने बेटे की चाहत में तुम्हारी माँ को छोड़कर दूसरी शादी की और बेटे का बाप भी बन गया | लेकिन मेरी माँ, मेरी पत्नी और खुद मैंने उस पर इतना लाड़-प्यार लुटाया और गलत परवरिश ने उसे ऐसा बिगाड़ा कि गलत संगति में पड़कर वो न तो पढ़- लिख सका, न ही किसी लायक बन सका। कुसंगति में पड़कर उसने पहले तो घर से पैसे चुराना शुरू किया और फिर मेरे मित्रों, परिचितों, रिश्तेदारों और यहाँ तक कि मेरे साथी व्यापारियों से इतना उधार ले लिया, जिसे चुकाने में मुझे अपना शोरूम तक बेचना पड़ा । एक दिन तो हद तब हो गई जब वो अपनी ड्रग्स की जरूरत को पूरा करने के लिए अपनी माँ का मंगल सूत्र बेचने के लिए ले जाने लगा | अपने अंधे प्यार के कारण बेटे की सभी ज़्यादतियों को सहन करती जाने वाली उसकी माँ को भी ये सहन नहीं हुआ और वो उससे अपना सुहाग-चिह्न छीनने लगी। नशे में चूर मेरे बेटे ने उसे ऐसा धक्का दिया कि उसका सिर सामने दीवाल से जा टकराया। बेहोश पत्नी को लेकर मैं पास के हॉस्पिटल भागा जहाँ से उसे दिल्ली रैफर कर दिया गया। मैं तो उसे यहाँ दिल्ली लेकर आ गया और वहाँ पुलिस मेरे बेटे को माँ की हत्या के प्रयास के जुर्म में पकड़कर ले गई। सात दिन तक जिन्दगी और मौत के बीच संघर्ष करते हुए मेरी पत्नी ने तो इस संसार के दुखों से मुक्ति पा ली। उसका दाह संस्कार करने बाद

मुझे भी अपने दुखों छुटकारा पाने का उपाय इस नारकीय जीवन मुक्त होना ही समझ में आया, इसलिए मैं जानबूझकर गाड़ी के सामने आ गया था। लेकिन शायद तुम्हारी माँ से माफी मांगे बगैर मेरी मुक्ति संभव नहीं थी, इसलिए ईश्वर ने मुझे यहाँ पहुँचाकर तुम लोगों से मिला दिया। मेरा अपराध इतना छोटा तो नहीं, जिसके लिए मैं अपनी पत्नी या बेटियों से क्षमा माँगकर प्रायश्चित कर सकूँ। बस, दोनों हाथ जोड़कर ईश्वर से यही कहता हूँ कि मेरे पापों और अपराधों के बावजूद यदि मुझे कभी मनुष्य जन्म मिले तो मुझे बेटे का नहीं कृति और श्रुति जैसी बेटियों का पिता ही बनाना।"

रेवती ने गर्व से अपनी बेटी की ओर देखा उसका रोम-रोम से ईश्वर से यही प्रार्थना कर रहा था- 'अगले जनम मोहे बिटिया ही दीजो ।'

4

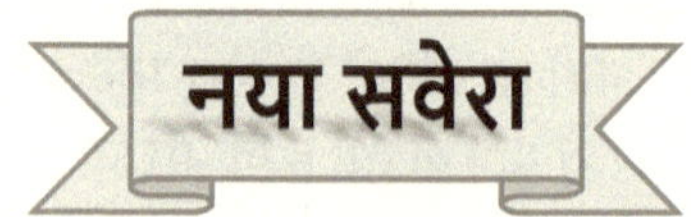

बारिश का मौसम था और आसमान में बादलों की आँखमिचौली जारी थी। दीवारघड़ी ने एक बार घण्टा बजाया तो चौंककर मुड़ते हुए वैदेही ने बरामदे की घड़ी की ओर देखा- साढ़े चार बज गए थे। लगभग एक घण्टे से वे और उनके पति मि० शर्मा अपने बरामदे में बैठे हुए थे, उन दोनों में कोई बात नहीं हुई थी। नहीं नहीं, ऐसा नहीं है कि उन दोनों में कोई मनमुटाव है या नाराजगी है। बस वे उम्र के उस पड़ाव पर हैं, जहाँ कोई ऐसा टॉपिक या विषय समझ ही नहीं आता, जिस पर देर तक बातचीत की जा सके। अब तो बस -' नाश्ता तैयार है, खाना खा लीजिए,या क्या बना है आज खाने में' जैसी रुटीन बातें ही होती हैं।

चलिए पहले, मैं आपको वैदेही जी और मि. शर्मा का परिचय दें दूँ ,तब शायद आप उनकी मन:स्थिति और परिस्थिति को अच्छी तरह समझ सकेंगे। मि० शर्मा बैंक में अधिकारी थे | लगभग पाँच साल पहले रिटायर हो चुके हैं । वैदही उनकी पत्नी है और हाउसवाइफ हैं। उनके दो बेटे और एक बेटी है। बड़ा बेटा विदेश में रहता है और छोटा बेटा बैंगलोर में जॉब कर रहा है। बिटिया की शादी उन्होंने तीन साल पहले ही कर दी थी। यानि उनके सभी बच्चे अच्छी तरह अपनी- अपनी जगह सैटिल हैं। सर्विस में थे मि. शर्मा- तो उनके सहकर्मी, उनके परिवार और उनके सुख-दुःख, पति-पत्नी की बातों के विषय हुआ करते थे, पर अब तो रिटायरमेंट के बाद वे विषय भी चुक गए हैं। रिश्तेदारों या सहकर्मियों से मुलाकात होती है साल में एकाध बार किसी समारोह में ही और वो भी औपचारिकता से भरी । अब उनके विषय में बात ही क्या की जा सकती है ? टी.वी. यानि टेलीविजन की बात की जाए तो मि० और मिसेज शर्मा के इन्टरेस्ट बिल्कुल अलग - अलग हैं। वैदेही को यदि टी.वी सीरियल्स देखना भाता है, तो मि० शर्मा की रुचि समाचारों में है। ऐसे में अब यदि कभी वैदेही टी.वी. धारावाहिक के विषय में कोई बात करती है, तो मि० शर्मा ऊब जाते हैं और यदि

मि. शर्मा, देश या विदेश की घटनाओं पर चर्चा करते हैं तो मिसेज शर्मा को जम्हाई आने लगती हैं | हाँ, जब बच्चों में से किसी का फोन आता है तब जरूर घण्टे- डेढ़ घण्टे उनके परिवार और पोते-पोतियों के बारे में उत्साह से बातें होने लगती हैं और उसके बाद फिर दोनों के बीच वही मौन पसर जाता है।

किचन में आकर चाय बनाते- बनाते सोचने लगी वैदेही- कि एक समय था जब कितनी सारी बातें होती थीं शेयर करने के लिए, पर तब न तो समय मिल पाता था बातें करने के लिए, न ही एकांत । दरअसल जब उनकी शादी हुई तो उनकी सास ससुर, दो ननद , एक देवर और वे पति-पत्नी- इन सात सदस्यों का परिवार तीन कमरों के फ्लैट में रहता था । हर समय इतनी गहमागहमी रहती थी कि या तो व्यस्तता के कारण बात करने का समय नहीं मिल पाता था,या कभी समय होता था तो पति-पत्नी को एकांत ही नहीं मिल पाता था, जहाँ वे अपनी दिल की बातें कह - सुन सकें। यही कारण था कि देवर की शादी होते ही उन्होंने पति पर जोर डालकर 250 वर्गगज का ये प्लॉट खरीद लिया। हाँलाकि मुख्य शहर से दूर थी ये जगह, लोग भी कम ही रह रहे थे इस तरफ, पर शहर के छोटे से मकान में रहकर वैदेही इतनी परेशान हो गई थी कि उनकी ज़िद थी कि शहर से दूर ही सही ,मकान थोड़ा बड़ा होना चाहिए- जहाँ परिवार के सभी सदस्यों को उनका अपना कमरा और प्रायवेसी मिल सके | यही वजह थी कि जहाँ उन्होंने पहले अपने तीनों बच्चों और अपने हिसाब से नीचे की मंजिल में तीन कमरे और ड्राइंगरूम बनवाया, वहीं ऊपरी मंजिल पर भी एक हॉलनुमा बड़ा कमरा भी बनवा लिया, जिससे बच्चे बिना व्यवधान के वहाँ पढ़ सकें। जब तीनों बच्चे यहीं रहकर पढ़ रहे थे तब तक तो घर भरा-भरा लगता था, पर पहले बड़ा बेटा हायर स्टडी के लिये विदेश चला गया, फिर जॉब मिलने पर छोटा बेटा बैंगलोर गया और बिटिया विदा होकर अपनी ससुराल चली गई । घर तो वही रहा पर सदस्य धीरे-धीरे कम होते गए। बच्चों के रहने पर जो मकान वैदही को छोटा लगता था अब वही बहुत बड़ा और खाली-खाली सा लगने लगा। अब बच्चे तो साल में एक बार ही आ पाते हैं और वो भी हफ्ते-दस दिन के लिए । बाकी समय तो बस वो पति-पत्नी होते हैं और खालीपन के कारण सांय-सांय सा करता उनका 'होम स्वीट होम' |

विचारों की श्रृंखला टूटी तो चाय लेकर वैदेही बरामदे में आ गई। अब सवा पाँच बजे गए थे और सामने वाली सड़क पर कारों की , बाइक्स और ऑटो रिक्शा की चहल-पहल दिखाई देने लगी थी। वैदेही सोचने लगी- 'भला हो इन इंजीनियरिंग कॉलेज वालों का, जिन्होंने कॉलेज के लिए मेरे मकान से थोड़ी ही

दूरी पर जगह चुनी। कम से कम अब इसकी बदौलत उनका और उनके पति का सुबह और शाम का समय कॉलेज की सड़क से गुजरने वाले छात्र- छात्राओं की गतिविधियाँ देखते-देखते ही आराम से गुजर जाता है। इसी बहाने उनकी और उनके पति की रुटीन से अलग हटकर कुछ बातचीत भी हो जाती है । कितनी अजीब होती है ये जिन्दगी कि जब बहुत सी बातें होती हैं शेयर करने के लिए , तब जिन्दगी की भागदौड़ और आपाधापी में बात करने का समय नहीं मिलता है और जब वक्त ही वक्त होता है तो करने लायक बातें ही जैसे चुक सी गयी होती हैं । यानि 'जब दाँत थे तो चने नहीं थे और अब जब चने हैं तो दाँत नहीं' - सोचकर मुस्करा उठी वैदेही।

अचानक दरवाजे की कॉलबेल बजी। "राशि होगी शायद " कहकर उठीं वैदेही । दरवाजा खोला तो अन्दाज बिल्कुल सही निकला- राशि ही थी। राशि उनके पड़ोसी मि० एण्ड मिसेज कौशिक की बेटी थी। जब वैदेही ने यहाँ मकान बनवाया था तो मि० कौशिक परिवार ही उनका एकमात्र पड़ोसी था। बाकी तो इस नवनिर्मित कॉलोनी में जो भी मकान थे, वे काफी दूर दूर थे । मि० एण्ड मिसेज कौशिक दोनों कॉलेज में लेक्चरर थे। यूं तो कौशिक दम्पत्ति ने राशि की देखभाल के लिए आया रखी थी, पर एक बार जब आया बीमार हो गई और लगभग बीस दिन तक आ नहीं पाई तो मिसेज कौशिक परेशान हो गईं । भला कॉलेज से कितने दिन छुट्टी ली जा सकती थी। ऐसे में वैदेही ने आया की अनुपस्थिति में उनकी बिटिया राशि की देखभाल की जिम्मेदारी स्वेच्छा से संभालकर उन्हें बहुत बड़े तनाव से मुक्त कर दिया था। हालांकि तब उनके पास उनके बच्चों को समय पर स्कूल भेजना ,नाश्ता- खाना बनाना, बच्चों को होमवर्क कराना जैसी ढेरों व्यस्तताएं थीं, पर फिर भी राशि को संभालना उन्हें कभी नहीं अखरा । छोटी सी गोलमटोल राशि उनके परिवार का जैसे खिलौना बन गयी थी । उसकी प्यारी-प्यारी भोली बातें सुनकर सब निहाल हो जाते। राशि भी उनके परिवार से बड़ी हिल-मिल गई थी।

अब तो खैर राशि बड़ी हो गई है। अभी पिछले ही साल उसका एडमीशन यहीं पास वाले इंजीनियरिंग कॉलेज में हुआ है। राशि जब आती है तो अपनी सहेलियों की, टीचर्स की, कॉलेज की और दुनिया - जहान की इतनी- इतनी बातें लेकर आती है कि वैदेही को लगता है कि जैसे घर की खामोशी के बादल छंटकर सुनहरी सी धूप खिल आई हो ।

पर आज जब राशि अन्दर आई तो बहुत उदास सी थी। हमेशा की तरह वैदेही ने बड़े स्नेह से पूछा- "कॉलेज से आ रही हो ? लगता है, काफी थक गई

हो। मैं अभी गरमागरम कॉफी बनाकर लाती हूँ।" कॉफी बनाकर लाई तो कॉफी पीते-पीते राशि खोई-खोई सी बोल उठी- "आण्टी, आपको मेरी दोस्त स्नेहा और अंशिका तो याद हैं न ? शायद अब उन्हें कॉलेज छोड़कर जाना पड़ेगा । इतनी अच्छी स्टूडेन्ट्स हैं दोनों। लेकिन क्या करें ? उनके मम्मी-पापा मान ही नहीं रहे। थोड़े कन्जर्वेटिव हैं न ।" वैदेही ने पूछा- "पर हुआ क्या ? क्यों कॉलेज छोड़ना पड़ेगा उन्हें? बता तो जरा।"

राशि बड़े उदास स्वर में बोली-" आण्टी, आपको तो मालूम है, कि दोनों बेगमपुर जैसे छोटे से कस्बे को बिलांग करती हैं । यहाँ कॉलेज में कोई गर्ल्स हॉस्टल तो है नहीं, तो जब पिछले साल, उनका कॉलेज में एडमीशन हुआ और उनके यहाँ रहने की समस्या आई तो मल्होत्रा अंकल के घर उनके पेइंग गेस्ट के रूप में रहने का इन्तजाम हो गया और कोई प्रॉब्लम नहीं हुई । पर अब मल्होत्रा अंकल अपना मकान बेचकर अपने बेटे के पास मुंबई जा रहे हैं। इसलिए स्नेहा और अंशिका को उनका मकान छोड़ना पड़ेगा। कल उन दोनों के मम्मी- पापा को बात करने के लिए बुलाया था मल्होत्रा अंकल ने । अब स्नेहा और अंशिका के मम्मी पापा कह रहे हैं कि वे अपनी बेटियों को ऐसे ही तो कहीं भी रहने की इजाजत नहीं दे सकते। दूसरा कोई ऐसा व्यक्ति मिलना तो मुश्किल है जहाँ वे अपनी अपनी बेटियों को निश्चिन्त होकर छोड़ सके । इसलिए वे उनपर जोर डाल रहे हैं कि वे बेगमपुर वापिस जाकर बी.एससी. करें या कोई और कोर्स ज्वाइन कर लें । आज दोनों बहुत दुखी थीं । कितने सपने देखे थे उन दोनों ने अपने कैरियर को लेकर। आण्टी, मेरी इतनी अच्छी फ्रेण्ड्स चली जाएंगी तो मैं तो बिल्कुल अकेली हो जाऊँगी। आप तो जानती ही है न कि मैं सिर्फ 'हाय -बाय' वाली फ्रेण्ड्स तो बनाती ही नहीं हूँ।"

वैदेही को याद आया पिछले साल राशि के साथ एक दो बार वे दोनों भी उनके घर आयीं थीं। वाकई बड़ी प्यारी लड़कियाँ थीं। अच्छे संस्कारी मध्यमवर्गीय परिवारों की लड़कियाँ जैसी होती है बिलकुल वैसी ही । उन्होंने तो कहा भी था कि- 'राशि तेरी सहेलियाँ तो बिल्कुल तेरी जैसी ही हैं ।'

अचानक वैदेही के मस्तिष्क में एक विचार कौंधा । उनके घर के ऊपरी मंजिल का बड़ा कमरा तो बिल्कुल खाली पड़ा है। सप्ताह एकाध बार ही जाना हो पाता है ऊपर, वो भी कामवाली से उस कमरे की सफाई करवाने के लिए । वरना तो वह बन्द ही रहता है। यदि वो कमरा राशि की सहेलियों को दे दिया जाए तो ? जहाँ तक खाने और नाश्ते का सवाल है, यदि वे राशि के यहाँ खाना बनाने वाली बाई को ही अपने यहाँ भी अपनी मदद के लिए रख लें तो ये समस्या भी हल हो

सकती है। उन्होंने जैसे ही अपना विचार राशि को बताया तो वो तो जैसे उछल पड़ी-" सच आण्टी, यदि ऐसा हो जाए तो मेरी फ्रेण्ड्स को कॉलेज छोड़कर नहीं जाना पड़ेगा। मैं आज ही उनके मम्मी- पापा को फोन करवाती हूँ ।"

अगले ही दिनू स्नेहा और अंशिका के मम्मी पापा उनसे मिलने आ गए। जैसा कि स्वाभाविक था -वैदेही और मि० शर्मा से मिलकर वे बड़े खुश हुए| उनकी तो एक बहुत बड़ी चिन्ता खत्म हो गई थी। पर उन सबसे ज्यादा खुश तो थीं- वैदेही। उन्हें लग रहा था कि जैसे उनके नीरस जीवन में एक सरस फुहार आकर बरस गई हो। ऊपर कमरे की सफाई करवाती, फर्नीचर की व्यवस्था करवाती हुई वैदेही को देखकर लग रहा था जैसे एक ही दिन में उनकी उम्र दस साल कम हो गई हो। अगले ही दिन स्नेहा और अंशिका आकर उनके गले लग गईं और बोलीं-"आण्टी, आप सोच भी नहीं सकती हो कि आपने हम पर कितना बड़ा एहसान किया है। हम आपका ये उपकार कभी नहीं भूलेंगे।" वैदेही ने स्नेह से, झिड़कते हुए कहा -"चल पगली, एहसान कैसा ? तुम दोनों राशि की सहेलियां हो और मेरे लिए राशि की तरह ही प्यारी हो ।" मि० शर्मा स्पष्ट रूप से महसूस कर रहे थे कि उन दोनों के जीवन की एकरसता इन लड़कियों के आने से जैसे गुम हो गई थी। पहले वैदेही और वे जैसे पेट भरने के लिए ही खाना खाते थे लेकिन अब कल सुबह नाश्ते में क्या बनेगा ? लंच में स्नेहा-अंशिका क्या लेकर जाएँगी और फिर डिनर कैसा होगा ?- इन मसलों पर वैदेही को सलाह देने की जिम्मेदारी जैसे शर्मा जी पर आ गयी थी | और कहना न होगा कि वे अपनी इस नयी जिम्मेदारी को एन्जॉय कर रहे थे | फिर अब उन्हें इनके लिए सामान लेने कभी-कभी बाज़ार भी जाना पड़ता था | शुरू से ही कुकिंग की शौक़ीन वैदेही का किचन अब फिर तरह-तरह के व्यंजनों की सुगंध से महकने लगा था | सभी व्यवस्थाओं में पहले पहाड़ की तरह कटने वाला दिन अब कब बीत जाता था, पता ही नहीं चलता था | शर्माजी और वैदेही भी इस व्यस्त दिनचर्या की अभ्यस्त होते जा रहे थे कि एक दिन फोन की घण्टी बज़ी। दूसरी ओर से उनकी बेटी शुचिता की आवाज आई-" माँ, ये क्या कर रही हैं आप ? क्या इस उम्र में ऐसी जिम्मेदारी लेता है कोई ? अपनी पूरी उम्र तो हम भाई - बहनों को पालने में लगा दी आपने और अब जब आप लोगों को आराम करना चाहिए तो ये मुसीबत मोल ले ली आप लोगों ने |" यही नहीं, फिर छोटे बेटे का और अन्त में बड़े बेटे भी फोन आ गया| सभी की लगभग एक सी ही शिकायत थी। बस अन्तर था तो इतना कि जहाँ बेटी के स्वर में सहानुभूति थी, तो छोटे बेटे के स्वर में चिन्ता और बड़े बेटे के स्वर में कुछ नाराजगी ।

बच्चों की गलत फहमी दूर करने के लिए मुझे अपना पक्ष स्पष्ट करना ही होगा। उन तीनों से एक साथ ही बात करनी होगी। ये सोचकर उन्होंने फोन पर बिटिया से कह दिया कि शाम छह बजे सब एक साथ वीडियो-कान्फ्रेसिंग पर बात करेंगे। शाम को जैसे ही सब अपने वीडियो कैमराज के सामने आए , वैदेही ने कहना शुरू किया- "बच्चों, अपने निर्णय पर आप सब की चिन्ता, सहानुभूति और उत्तेजना मैंने महसूस की |Thanks for your concern | पर सबसे पहले तो मैं आप सब की इस गलतफहमी को दूर कर दूं कि मेरे इस निर्णय के पीछे मेरी रुपया कमाने की कोई इच्छा है। इस दृष्टि से तो मैं इसे No Profit No loss की तरह ही ले रही हूँ । पर यदि हम लोगों के अकेलेपन, और खालीपन को तुम लोग समझ सको तो मेरे हिस्से में ये बहुत बड़ा प्रॉफिट है। आप सभी अपने कैरियर में, अपनी जिन्दगी में व्यस्त हो - जो कि बिल्कुल स्वाभाविक है। अब ऐसी स्थिति में महीने-पन्द्रह दिनों में हम लोगों की फोन पर बात होती है और उसके बाद हम होते हैं और हमारी तन्हाई | बच्चों ,आप लोग इसे हमारी शिकायत मत समझना , पर सच तो ये है कि आप लोग अभी उम्र के उस दौर में हो, जहाँ आप सीनियर सिटीजन्स के अकेलेपन को महसूस ही नहीं कर सकोगे। अब इन बच्चियों के आने के बाद हमारी जिन्दगी को जैसे एक छोटा सा मकसद मिल गया है। स्नेह, लगाव, मोह और आदर जैसे शब्द हमारे जीवन में जैसे फिर से आकार ले रहे हैं।"   "पर माँ, तीन साल बाद पढ़ाई पूरी होने पर तो ये लड़कियाँ चली जाएंगी फिर उनके प्रति आप लोगों का ये मोह आपको और भी ज्यादा परेशान करेगा। खालीपन और भी ज्यादा अखरेगा।" बीच में ही बोल उठा उनका बड़ा बेटा | लेकिन वैदेही ने बड़े ही शांत स्वर में उत्तर दिया-" बेटा , जहाँ तक इनके चले जाने की बात है, तो बेटा अपना अंश होने और आधी उम्र आप लोगों के साथ बिताने के बाद यदि आप लोगों कैरियर की खातिर, आपकी प्रगति के लिए हमने सन्तान- मोह पर विजय पा ली, तो फिर ये बच्चियाँ तो फिर भी गैर हैं। इनके मोह-बन्धन को तो काट ही लेंगे हम। सच पूछो तो अभी तो हम उन तीन सालों के बारे में ही सोच रहे हैं जब तक ये लड़कियाँ यहाँ रहेंगी। कम से कम उम्र का ये अंश तो हम फिर से सक्रिय होकर, व्यस्त रहकर खुशी से बिताएंगे | फिर आगे जैसा होगा देखा जाएगा | वैसे भी उम्र इस पड़ाव पर बहुत आगे के भविष्य के विषय में सोचना या प्लान करना हमें शोभा नहीं देगा, है न?" कहते हुए हँस पड़ी वैदेही। तीनों बच्चे भी मुस्करा उठे |

अपनी बात कहकर मन हल्का हो गया था | किचन की ओर जाते हुए सोच रही थी वैदेही - 'उनके जीवन की साँझ का, क्या ये नया सवेरा नहीं है ? अकेलेपन की उदासी और नीरसता की धुन्ध को चीरता हुआ नया सवेरा ।'

5

बड़ी भूल हुई मुझसे

"राधिका बेटी ओ राधा बेटी, जरा जल्दी आकर ये दही-बड़े तलकर निकाल ले। देख, कितना काम बाकी है और किटी पार्टी की मेम्बर्स बस आने ही वाली हैं। जल्दी आजा बेटी।" यदि आज से शायद दो-तीन साल पहले बुलाती मम्मी उसे इस तरह और वो भी तब जबकि उसे 10th बोर्ड के एग्जाम को बस बीस दिन ही बचे हैं, तो राधिका माँ से बिल्कुल कह देती कि 'आप लावण्या को क्यों नहीं बुलाती जबकि उसके तो होम- एग्जाम हैं और मेरे बोर्ड के एग्जाम । फिर वो तो मुझसे छोटी क्लास में है।' पर अब इन तीन-चार सालों में राधिका काफी समझदार हो गई है। अब तो माँ की पुकार सुनते ही वो चुपचाप चल देती है उनका हुक्म बजा लाने के लिए।

नहीं,नहीं, ऐसा बिल्कुल नहीं कि राधिका की माँ सौतेली है और इसलिए उनका अपनी बेटी लावण्या के प्रति विशेष स्नेह है और राधिका के प्रति कोई दुर्भावना । सच तो ये है कि राधिका और लावण्या दोनों ही सगी बहनें हैं। राधिका बड़ी है और लावण्या उससे दो साल छोटी। सगी बहनें होने पर भी दोनो के रंग-रूप में जमीन-आसमान का अन्तर है। जहाँ छोटी बहन लावण्या के तीखे नैन-नक्श और चमकदार गोरा रंग देखने वाले को आकर्षण की डोर में बाँध लेता है, तो वहीं इसके ठीक विपरीत बड़ी बेटी राधिका को गेहुँआ रंग और सामान्य नैन - नक्श अपने पिता से विरासत में मिले है और यही वजह है कि जहाँ लावण्या अपने सौन्दर्य के कारण माँ के गर्व का कारण है, वहीं राधिका के सामान्य रूपरंग को लेकर वे कहीं हीनभावना सी महसूस करती है। जब तक छोटी थी राधिका- तब तक तो वो अपने और लावण्या से किए जाने वाले व्यवहार का अन्तर समझ नहीं पाती थी, पर अब तो दसवीं क्लास में हैं वो और काफी कुछ समझदार हो गई है। यही वजह है कि माँ की पुकार सुनते ही वो किचन में पहुँचकर चुपचाप उनका हाथ बँटाने लगी। दहीबड़े प्लेट्स में लगाकर रखे ही थे

कि बाहर कार का हॉर्न सुनाई दिया। राधिका चुपचाप अपने कमरे की ओर चल दी। अब अगले तीन-चार घण्टे तक, जब तक मम्मी की फ्रेण्ड्स घर पर होंगी तब तक तो मम्मी उनके सामने उसे बुलाएंगी नहीं, जानती है ये राधिका। सच तो ये है कि उसे भी लावण्या से खुद की तुलना किया जाना बिलकुल अच्छा नहीं लगता। मम्मी की सहेलियाँ तो निस्संकोच कहने लगती हैं-"भई सारंगा, तुम्हारी छोटी बेटी तो अपने नाम के अनुरूप बिल्कुल रूप की खान है। इसकी शादी की तो तुझे चिन्ता ही नहीं करनी होगी। ऐसी सुन्दर लड़की को तो कोई राजकुमार ब्याह कर ले जाएगा।पर तेरी बड़ी बेटी को देखकर तो लगता ही नहीं कि लावण्या की सगी बहन है। इसके लिए तो तू जल्दी ही रिश्ता तलाशना शुरू कर देना, वरना ऐसा न हो कि छोटी की शादी हो जाए और बड़ी बेटी कुँआरी ही बैठी रह जाए।" मम्मी की सहेलियां कभी भूल से भी ये सोचने की कोशिश नहीं करती कि ऐसी बातें एक लड़की के मन पर क्या असर कर रही होंगी। अब तो राधिका ने मम्मी की सहेलियों और रिश्तेदारों के सामने जाना ही बन्द कर दिया है। कैसे समझाए वो सब को कि रूप-रंग तो ईश्वर की देन है ,उस पर किसी का बस नहीं। ऐसी स्थिति में तो बस वो अपनी किताबें लेकर बैठ जाती है।

अगले तीन-चार घण्टे राधिका अपनी किताबों में ऐसी खोई रही कि पता ही नहीं चला कि मम्मी की सहेलियाँ कब चली गईं , वो तो जब पापा ने रात के खाने के लिए आवाज दी तब उसकी समाधि टूटी। खाने की टेबल पर बैठते ही पापा ने पूछा- "और बेटी, एग्जाम्स की तैयारी कैसी चल रही है? मेरी बेटी के 95 % से कम नम्बर नहीं आने चाहिए, ठीक है न?" "हाँ पापा, कोशिश तो कर रही हूँ।" संक्षिप्त सा उत्तर दिया राधिका ने | पर मम्मी बोल उठीं -" हाँ सही है, अच्छे नम्बरों के साथ पढ़-लिख लेगी तो शादी भी हो जाएगी अच्छी जगह, वरना आजकल तो सब रूप को ही पूजते हैं। मुझे तो सच में बड़ी चिन्ता रहती है इस लड़की की।" हालांकि राधिका के लिए ये कोई नई बात नहीं थी पर फिर भी पता नहीं क्यों, खाने का स्वाद उसे जैसे फीका-फीका सा लगने लगा।

अब मम्मी को भी क्या दोष दे राधिका। बचपन से वो दादी से सुनती आई है कि मम्मी जब ग्यारहवीं क्लास में ही थीं , तभी स्कूल के वार्षिकोत्सव में उनका नृत्य देख दादाजी उनपर इतने मुग्ध हो गए कि उन्हें अपने बेटे की बहू बना लिया उन्होंने | अन्यथा नाना जी, जो एक सामान्य क्लर्क थे ऐसे बड़े घर में- ऐसा ऑफीसर दामाद पाने का सपना भी नहीं देख सकते थे- ये दादी के शब्द हैं, राधिका के नहीं | दादी ने ये बात न जाने कितनी बार बताई है कि जैसे कंठस्थ हो गयी है उसे | शादी होने के बाद माँ ने फिर आगे पढ़ने के विषय में सोचा भी

नहीं, पापा से शादी के बाद शायद उन्हें उनकी मंजिल मिल गई थी। यही वजह है कि मम्मी की नज़रों में लड़कियों का सौन्दर्य ही महत्त्वपूर्ण है, पढ़ना लिखना तो उन्हें बस टाइमपास लगता है।

लावण्या पर भी पता नहीं, मम्मी की विचारधारा का प्रभाव है या सबसे मिलने वाली प्रशंसा का, कि उसे भी पढ़ाई- लिखाई में कोई रुचि नहीं । उसे तो नए-नए डिजायनर कपड़ों में इतनी रुचि है कि किसी भी दुकान में फैशनेबल ड्रेस देखते हो मचल उठती है वो । और कहना न होगा कि हर ड्रेस उस पर सूट भी बहुत करती है। राधिका के लिए तो माँ जो ड्रेस ला दे, चुपचाप पहन लेती है, कभी कोई मीन - मेख नहीं निकालती ।

दसवीं का रिजल्ट निकला तो राधिका ने 96.8% अंकों के साथ पूरे जिले में टॉप किया था। पापा तो रिजल्ट देखते ही गद्गद हो कह उठे - "मेरी ये बेटी अपने पापा का नाम रोशन करेगी।" लेकिन दादी की प्रतिक्रिया थी- " चलो ठीक है, अच्छे नम्बरन से पास होएगी छोरी तो ब्याह भी हो जाएगा, नहीं तो कौन पूछेगा इसे ?" दादी तो खैर दादी ही हैं, पुराने जमाने की, पर माँ की भी लगभग ऐसी ही ठण्डी प्रतिक्रिया थी। अभी कुछ ही दिन पहले की ही तो बात है जब स्कूल की नृत्य- प्रतियोगिता में लावण्या को इनाम मिला तो दादी और माँ कितनी खुश हुई थीं । हर आने-जाने वाले को इनाम में मिली ट्राफी दिखाई जा रही थी, वो भी पूरी कमेन्ट्री के साथ। राधिका अपनी सफलता पर भी वही गर्व देखना चाहती थी माँ और दादी की आँखों में, लेकिन उसकी ये इच्छा पूरी न हो सकी।

खैर छोड़ो, दादी और माँ की सोच को बदलना तो नामुमकिन है ,पर इससे मेरी परफॉरमेंस पर कोई फर्क नहीं पड़ना चाहिए- ये सोचकर दुगुने उत्साह और जोश से अपनी पढ़ाई में जुट गई राधिका। इस बार न सिर्फ उसे 12वीं की बोर्ड परीक्षा में अच्छे अंक लाना है, बल्कि मेडिकल की प्रवेश परीक्षा में भी सफलता पाकर अपना डॉक्टर बनने का सपना भी पूरा करना है।

रात को देर तक पढ़ने की आदत है राधिका की । एक रात पढ़ते-पढ़ते प्यास लगने पर किचन की तरफ जाते हुए उसे ड्राइंगरूम से कुछ आवाज सुनाई दी। जाकर देखा तो लावण्या फोन पर, किसी से धीमे-धीमे बात कर रही थी। राधिका के अचानक वहाँ पहुँच जाने पर हड़बड़ा कर सफाई देते हुए बोली वो -" दीदी , मैं तो सुगंधा से अपने प्रोजेक्ट के बारे में पूछ रही थी। साइंस की मैडम ने प्रोजेक्ट बनाने को दिया है न।" लावण्या को पढ़ाई के प्रति इतना सिन्सीयर तो कभी देखा ही न था राधिका ने। अभी 9th class में भी ग्रेस मार्क्स पाकर ही प्रमोट हुई थी वो।

हो सकता कि अब पढ़ाई के प्रति सीरियस हो रही हो लावण्या - ये सोचकर अपने कमरे में वापिस आ गई राधिका | पर पता नहीं क्यों, आजकल लावण्या को देखकर आशंकित होने लगी है राधिका | पढ़ाई में तो इसकी रुचि कभी न थी, पर अब ये रात में फोन पर बात करना, हर समय अपने लुक्स का ध्यान रखना, फैशन के प्रति विशेष आकर्षण - इस उम्र में स्वाभाविक होते हुए भी न जाने क्यों राधिका को ये सब कुछ ठीक नहीं लग रहा है। पर पता नहीं क्यों मम्मी इस परिवर्तन से बेपरवाह थी।

अभी राधिका अपनी 12वीं की बोर्ड परीक्षा के रिजल्ट का इन्तजार कर रही थी कि उससे पहले ही लावण्या की 10वीं की बोर्ड परीक्षा का रिजल्ट आ गया। जैसी आशंका थी वहीं हुआ- दो विषय में फेल हो गई थी लावण्या | पापा तो रिजल्ट देखकर बहुत नाराज हो गए | लावण्या को डाँटते हुए बोले- "नाक कटा दी तुमने मेरी | जो लोग राधिका के दसवीं के रिजल्ट पर मुझे बधाईयाँ दे रहे थे, आज मुँह छिपाकर हँस रहे होंगे । दरअसल तुम्हें फैशन से फुरसत मिले तब तो पढ़ाई कर पाओगी न तुम।" पापा शायद और भी डाँटते उसे, लेकिन दादी बीच में उन्हें रोकते हुए बोलीं- "अरे शिवा ! देख नहीं रहे हो कि जब से रिजल्ट आओ है, कैसे रो रही है बिटिया । सुबह से कछु खाओ भी न है बा ने । अब का जान लेने का इरादा है तुमाओ । बोर्ड वालन की तो जाने का दुश्मनी थी कि हमाई रानी बिटिया को फेल कर दओ। हमने तो हर समय पढ़तन ही देखो इने ।" दादी की बात सुनकर दुखी होते हुए भी मुस्करा उठी राधिका । बेचारी दादी क्या जाने कि कैसे कोर्स की किताबों के बीच फिल्मी पत्रिकायें रखकर पढ़ाई की जाती थी। कैसे रात को पढ़ाई की जगह मोबाइल पर बातें की जाती थीं |

लगभग 8-10 दिनों तक घर के माहौल में एक अजीब सा भारीपन छाया रहा लेकिन राधिका का रिजल्ट निकलते ही वो भारीपन जैसे काफूर हो गया। राधिका ने 12वीं की बोर्ड परीक्षा में 94.6% प्रतिशत अंक पाए थे। यही नहीं, इसके बाद मेडिकल की प्रवेश परीक्षा में भी सफल हो गई राधिका, वो भी अच्छी रैंक के साथ। तब पहली बार माँ राधिका की तारीफ करते हुए लावण्या से कह रही थी- "देख, यदि तू भी अच्छी तरह से पढ़ाई पर ध्यान देती तो दीदी की तरह लोग तुझे भी बधाई देने आते। कुछ सीख ले अपनी बहन से "|

मेडिकल कॉलेज में एक तो पढ़ाई की व्यस्तता फिर छुट्टियाँ भी कम ही मिल पाती थीं | ऐसी स्थिति में घर जाना कुछ कम ही हो पाता था राधिका का। पर जब भी घर जाती लावण्या के रंग-ढंग उसे कुछ अच्छे नहीं लगते। एक दिन शाम से

छत पर टहलते समय राधिका ने देखा कि घर से पहले वाले मोड़ पर लावण्या एक बड़ी सी चमचमाती हुई कार से उतर रही है। ड्राइविंग सीट पर एक लड़का था। गाड़ी से उतरकर भी वे दोनों लगभग दस मिनट तक सड़क पर खड़े- खड़े ही बातें करते रहे। राधिका को ये सब ठीक नहीं लगा, तो उसने ये बात माँ को बता देना ही उचित समझा। माँ ने घर आने पर लावण्या से पूछा तो तमककर लावण्या ने उत्तर दिया- " मम्मी, वो तो मेरी सहेली का भाई है, जो मेरे लेट हो जाने की वजह से मुझे कार से घर तक छोड़ने आया था। दीदी तो हमेशा से मेरी सुन्दरता से जलती है इसलिए नमक- मिर्च लगाकर शिकायत कर रही हैं आपसे ।" कहकर लावण्या तो पैर पटकते हुए अपने कमरे में चली गई पर उसके अंतिम वाक्य ने राधिका को जैसे स्तब्ध सा कर दिया। उसने भी सोच लिया कि अब लावण्या कुछ भी करे, वो किसी तरह का कोई हस्तक्षेप नहीं करेगी।

राधिका की M.B.B.S. की पढ़ाई का तीसरा वर्ष चल रहा था कि सुबह 6 बजे मोबाइल की बेल बजी। देखते ही चौंक उठी राधिका- इतनी सुबह-सुबह मम्मी का फोन ?आखिर क्या बात हो सकती है? फोन उठाया तो दूसरी ओर से मम्मी की घबराई हुई आवाज आई- "राधिका, गज़ब हो गया | अभी सुबह जब मैं लावण्या के कमरे में उसे जगाने के लिए गई तो वो कमरे में नहीं थी। उसके बेड पर एक लैटर रखा हुआ था। पढ़ते ही मेरे तो होश उड़ गए | उसमें लावण्या ने लिखा था-" मम्मी-पापा मैं सुकेश से शादी कर रही हूँ। मुझे मालूम है कि सुकेश और हमारी जाति अलग-अलग हैं, इसलिए आप लोग हमारी शादी के लिए तैयार नहीं होंगे और मैं उसके बगैर रह नहीं सकती, इसलिए हम कोर्ट मैरिज कर रहे हैं। मेरी शादी के लिए जो गहने आप लोगों ने बनवाए थे, उन्हें दहेज समझकर और जो कैश मम्मी की अलमारी में रखा है, उसे अपनी शादी का खर्च समझकर मैं ले जा रही हूँ। आपकी बेटी होने के नाते इतना अधिकार तो मेरा बनता ही है न !" पत्र पढ़कर मैं तो सन्न रह गई। ये लड़की ऐसा गुल खिलाएगी मैंने सोचा न था। सोचती हूँ कि जब तुमने लावण्या और उस लड़के के बारे में बताया था,तभी सचेत हो जाते हम लोग तो शायद ये दिन न देखना पड़ता।" कहकर फूट फूटकर रो पड़ी माँ । राधिका भी समझ नहीं पा रही थी कि माँ को कैसे सांत्वना दी जाए। सचमुच बहुत ही भयानक शॉक दिया था लावण्या ने। पापा तो बहुत ही टूट गए थे इससे | दादी को ऐसा हार्ट अटैक आया कि उन्हें बचाया ही नहीं जा सका।

बहुत समय लगा परिवार को इससे उबरने में। अब तो इस घटना को सात- आठ साल बीत गए हैं और राधिका पोस्ट ग्रेजुएशन करके लखनऊ में स्त्रीरोग

विशेषज्ञ के रूप पोस्टेड है। पापा के रिटायरमेंट के बाद पापा - मम्मी राधिका के पास ही उसके सरकारी बंगले में रह रहे हैं। आज राधिका के हॉस्पीटल में आया के पद पर नियुक्ति के लिए साक्षात्कार होना है। इंटरव्यू बोर्ड में राधिका भी थी, इसलिए तैयार होकर जल्दी-जल्दी अस्पताल की ओर चल दी। अभी तीन-चार लोगों का ही इंटरव्यू हो पाया था कि अगला नाम देखकर चौंक उठी राधिका। अगला नाम था- लावण्या चौधरी। जब वो केंडीडेट केविन में आई तो हडड़बड़ाहट में अपनी सीट से उठकर खडी हो गई राधिका। लावण्या चौधरी और कोई नहीं उसकी छोटी बहन ही थी। लेकिन आज उसे पहचानना बहुत मुश्किल था। लगता था ये लावण्या नहीं, उसकी परछाई है। अचानक तबियत खराब हो जाने का बहाना बनाकर राधिका बोर्ड के सदस्यों से माफी मांगकर बाहर निकलकर लावण्या का हाथ पकड़कर उसे लगभग खींचते हुए घर ले आई। मम्मी- पापा तो पहले उसे पहचान ही न सके। फीका निस्तेज चेहरा- जिस गोरे चेहरे को और भी खूबसूरत बनाने के लिए न जाने कौन कौन से ब्यूटी- प्रोडक्ट लगाये जाते थे वो अब साँवला पड़ चुका था, शायद वक़्त के थपेड़ों से। कुछ पूछने से पहले ही फूटफूटकर रोते हुए बोल उठी लावण्या-"दीदी, मुझसे बहुत बड़ी भूल हुई, जो मैं सुकेश की बातों में आकर घर से भाग गई। आज मेरी जो दशा है, उसकी जिम्मेदार मैं ही हूँ। अपने रूप- सौन्दर्य के अहंकार ने मुझे इतना अन्धा कर दिया था कि मैं सुकेश की वास्तविकता को देख ही न सकी। दादी के हमेशा कहा करती थी न कि 'हमारी लावण्या को तो कोई राजकुमार आएगा ब्याहने'। बस बचपन से दिल में यही बात घर कर गई थी। जब सुकेश ने रोज नई- नई चमचमाती हुई गाड़ियाँ लेकर मेरे चक्कर काटना शुरू किया, तो मैं बहुत जल्दी ही उससे प्रभावित हो गई। मुझे तो वो अपने सपनों का राजकुमार ही लगता था। एक बार जब मैंने उससे उसका घर दिखाने की ज़िद की, तो वो एक बड़े से बंगले के लॉन में ले गया- ये कहकर कि वो बंगला उसका है। मेरे पास आपकी तरह परिपक्व बुद्धि तो थी नहीं, जो उसके झूठ को पकड़ पाती। दूसरे, उसकी लच्छेदार बातों का जादू कुछ ऐसा था कि उसके कहने पर मैं जेवर और कैश लेकर उसके साथ भाग निकली। दूर एक शहर के होटल में ठहरे हम लोग। कुछ दिन तक सब कुछ ठीक लगा। घर से जो कैश में लेकर गई थी, उससे कुछ दिन खूब ऐश से गुज़रे। लेकिन कैश और जेवर ख़त्म होते ही सुकेश के व्यवहार में मुझे परिवर्तन नज़र आने लगा। जब मैंने उससे होटल छोड़कर उसके बंगले में चलकर रहने की बात की, तो विद्रूप सी हंसी हंसकर उसने बताया कि वो बंगला जिसके लॉन में घूमकर मैं उसे उसका घर

समझ रही थी वो तो उसका था ही नहीं ,उस घर में तो उसकी माँ खाना बनाने का काम करती थी। जिन महंगी और बड़ी- बड़ी कारों के जादू से मैं उससे प्रभावित हुई थी वो भी उसकी नहीं थी, दरअसल वो गैराज में काम करता था और इस वजह से टेस्टिंग के बहाने तो गाड़ियाँ उठाकर ले आता था। वास्तविकता जानकर मेरे तो पैरों तले की जमीन जैसे खिसक गई। कितना बड़ा जुआ खेला था मैंने अपनी ज़िंदगी के साथ | लेकिन जो भूल मैंने की थी, अब उसमें सुधार की कोई गुंजाइश नहीं थी। दूसरे मैं माँ बनने वाली थी इसलिए भी मजबूर थी। खुशियों के रंगों से भरी जिस जिन्दगी की कल्पना मैंने की थी, वो इतने बदरंग रूप में मेरे सामने थी कि मैं उससे आँखें नहीं मिला पा रही थी। ऊपर से सुकेश की शराब पीने की लत ने तो मेरी जिन्दगी को नरक ही बना दिया था। प्रेगनेंसी के वे महीने कैसे काटे मैंने- बता नहीं सकती | जब मैं प्रसव- पीड़ा से कराह रही थी, तो मेरे बहुत कहने पर सुकेश मुझे सरकारी हॉस्पिटल ले गया। बेटी के जन्म के बाद जब मुझे होश आया और मैंने बेटी को उसके पापा को दिखाना चाहा,तो पता चला सुकेश तो मेरे लेबर- रूम में जाने के बाद ही कहीं चला गया था और अब तक नहीं लौटा था | तीन दिन आशंकाओं के बीच इन्तजार करती रही मैं उसका, लेकिन वो वापिस आया ही नहीं। जब हॉस्पिटल से छुट्टी मिली, तो मुझे समझ नही आ रहा था कि इस नन्हीं सी जान को लेकर मैं कहाँ जाऊँ । मेरी दशा देखकर वहाँ की लेडी डॉक्टर को मुझ पर दया आ गई और उन्होंने मुझे अपने घरेलू काम करने के लिए रख लिया। इतने साल तो मैंने उनके घर काम किया | लेकिन जब उनकी शादी हो गई, तो उन्होंने अपना ट्रान्सफर करा लिया। अब एक बार फिर मैं बेघर हो गई। पढ़ी- लिखी तो थी नहीं मैं, कि कोई सम्मानजनक काम कर पाती। बस किसी तरह लोगों के घर का काम कर बेटी को पाल रही हूँ। हॉस्पिटल में आया की पोस्ट का विज्ञापन देखा तो इंटरव्यू देने चली आई। मुझे पता नहीं था कि यहाँ मेरी दीदी इंटरव्यू ले रही है। यदि पता होता तो शायद नहीं आती। दीदी, सच कह रही हूँ, आपको लोगों की निगाहों में गिराने का मेरा कोई इरादा नहीं था |" कहते-कहते जोर से रो पड़ी लावण्या |

मम्मी- पापा जो पहले लावण्या को देखकर गुस्से से काँप रहे थे अब उसकी कहानी सुनकर आंसुओं के सैलाब को रोकने की कोशिश के कारण काँप रहे थे। अचानक मम्मी रोते हुए बोल उठी - "ये सच है लावण्या, कि तूने बहुत बड़ी भूल की , पर इसकी एक सीमा तक जिम्मेदार मैं और तेरी दादी भी हैं, जिन्होंने तेरे रूप- सौन्दर्य की प्रशंसा कर करके तेरी अपरिपक्व बुद्धि में अहंकार तो जगा

दिया, पर गुणों का महत्व कभी नहीं बताया। मैं भूल गई थी कि रूप तो क्षणभंगुर होता है, गुण ही चिरस्थायी होते हैं। मेरी इस भूल का दण्ड ही शायद ईश्वर ने मुझे दिया है।" कुछ देर कमरे में निस्तब्धता छाई रही | फिर राधिका सोफे से उठकर प्रकृतिस्थ होते हुए बोली-" जो हो चुका वो हो चुका, उसे अब बदला तो नहीं जा सकता, इसलिए उसे आप सब भूल जाइए। लावण्या, मेरी भांजी को लेकर आओ, कल ही उसका एडमीशन अच्छे स्कूल में कराना है और हाँ लावण्या, तुम भी 10th का प्राइवेट एग्जाम देने की तैयारी शुरू कर दो। डा० राधिका की बहन अनपढ़ नहीं रह सकती है न ! चल, अब तेरे आ जाने से मुझे मम्मी-पापा की देखभाल की चिन्ता नहीं रहेगी।" धीरे धीरे सबके चेहरों पर छाए चिन्ता और अवसाद के बादल छंटने लगे थे और आशा की किरण हलकी सी मुस्कुराहट के रूप में झाँकने लगी थी |

6

करवट लेना चाहती थी सवि । जब से बाथरूम में फिसलने से कूल्हे की हड्डी में फ्रेक्चर हुआ है और डॉक्टर ने डेढ़ महीने के लिए बेडरेस्ट बताया है, तब से और क्या कहा जाये, करवट लेने के लिए भी बहू पर निर्भर रहना पड़ता है। हमेशा की तरह जोर से आवाज देकर बुला सकती थी पर चुप रह गई। शायद बहू कम्मो जीजी को, जो उसकी तबियत का हालचाल लेने आई थी, दरवाजे तक छोड़ने गई होगी। लौटकर आएगी तो खुद ही देखने आएगी उसे | और कोई दिन होता तो अब तक न जाने कितनी जोर से आवाज देकर बुला लिया होता बहू को, यदि व्यस्त होने के कारण न सुन पाई होती वो तो 'तुम लोग तो मेरे मरने का इन्तजार ही कर रहे हो। कब मैं मरूँ और तुम लोग चैन की वंशी बजाओ' जैसी तीखी बातें भी सुना दी होती, पर आज कुछ कड़वा कहने का मन नहीं हुआ। कम्मो जीजी क्या आईं, उसके जीवन में जैसे उथल-पुथल सी मचा गई। उसकी सारी सोच, सारा जीवनदर्शन ही जैसे उलट-पुलट हो गया।

सच पूछो तो सवि का आदर्श थीं उसकी मौसेरी बहन कम्मो जीजी। तीन-तीन लड़के, आज्ञाकारी बहुएँ और उनकी ऊँगलियों पर नाचता- पूरा घर । सवि को लगता था कि शायद राजयोग इसी को कहते हैं। सचमुच ईर्ष्या सी होती थी सवि को उनसे। जब सवि उनके छोटे बेटे की शादी में सम्मिलित होने गई तो वो भी कुछ इसी तरह के सपने देखने लगी थी, हालांकि तब उसका बेटा पढ़ ही रहा था । बड़े धूमधाम से शादी हुई थी उनके बेटे की और होती भी क्यों न, ऑफीसर लड़का था। लड़की के घर वालों ने अपनी इकलौती लड़की को इतने इतने उपहार दिए थे कि कम्मो जीजी का बड़ा सा घर भी छोटा लगने लगा था। तब से सवि भी अपने बेटे की शादी कुछ इसी तरह करने के मन्सूबे बनाने लगी थी। यदि ऐसी ही कोई बड़ी पार्टी मिल जाए उसे भी, तो उसके जीवन भर के अभाव पूरे हो सकते हैं। वरना पति की साधारण सी नौकरी में जीवन भर अपना

मन ही मारती रही थी वो। बेटा पढ़ने- लिखने में बड़ा होशियार है इसलिए सवि को विश्वास था कि वो शानदार नौकरी ही पाएगा। फिर तो लड़की वालों की लाइन ही लग जाएगी उसके सामने।

सवि के सपनों को पहला झटका तब लगा जब विनय ने मल्टीनेशनल कम्पनीज का शानदार पैकेज छोड़कर अपने ही शहर के इंजीनियरिंग कॉलेज में लेक्चररशिप ले ली। सवि ने उसे अपने इस फैसले पर पुनर्विचार की सलाह दी तो विनय ने बड़ी शान्ति से जबाब दिया- "माँ रुपया-पैसा मन के चैन से बड़ा तो नहीं होता। इन कम्पनियों के जॉब में पैसे की चकाचौंध तो है, पर मन की शान्ति नहीं। टारगेट पूरा करने में रात और दिन बस निकलते चले जाते हैं। क्या फायदा ऐसे पैसे का, जिसे खर्च करने के लिए समय ही न हो।" मन मसोस कर रह गई सवि। यहाँ तक तो चलो फिर भी ठीक था, पर जब विनय ने अपनी क्लासफैलो प्रिया से शादी की इजाजत मांगी तो जैसे सवि के सारे सपने ही भरभराकर चकनाचूर हो गए। विनय की शादी से अपने अभावों की क्षतिपूर्ति को लेकर कैसे-कैसे सपने संजोए थे उसने,पर प्रिया के पापा की साधारण सी नौकरी थी। ऐसे में उनसे कोई आशा करना व्यर्थ था। सवि को कभी-कभी लगता था कि विनय की मल्टीनेशनल कम्पनी के जॉब्स को ठुकराने के पीछे भी शायद प्रिया ही कारण थी। उसी के आकर्षण ने शायद उसे इस शहर से बाँध दिया था। अपने इकलौते बेटे के आग्रह पर उसने विनय को प्रिया से शादी की इजाजत तो दे दी पर अपने अरमान पूरे न हो पाने की कसक सवि को आज उसकी शादी के पाँच साल बीत जाने के बाद भी बनी हुई है।

यूं तो प्रिया में कोई कमी न थी। लाखों में नहीं तो हजारों में एक तो कही ही जा सकती है वो। बचपन में ही माँ को खो देने से मातृविहीना प्रिया ने बड़े चाव से अपनी सास से ममता की आशा लेकर उसके घर में प्रवेश किया था। चाहती तो सवि भी उसे सीने लगाकर, स्नेह देकर उसकी माँ की कमी को पूरा कर सकती थी, पर पता नहीं प्रिया विनय की पसन्द थी इसलिए, या उसके साधारण परिवार से ताल्लुक रखने के कारण - सवि ने प्रिया की माँ न बनकर टिपीकल भारतीय सास की भूमिका निभाना ही पसन्द किया। कभी-कभी तो लगता है कि इसके मूल में कम्मो जीजी के राजयोग से प्रभावित होना भी था। उसका और प्रिया का रिश्ता कुछ ऐसा ही था- जैसे अधिकारी और अधीनस्थ का या मालिक और सेवक का होता है। उसे बेटी मानना तो दूर की बात थी बहू के अधिकार भी उसे न दे सकी सवि। वही सवि, जो खुद की बेटी गरिमा की शादी होने पर उसके ससुराल के गुणगान करते न थकती थी, बड़े गर्व से बताती थी रिश्तेदारों

को- कि गरिमा की ससुराल बड़ी स्मार्ट है, उसकी सास तो इतनी अच्छी है कि शादी होते ही दूसरे ही दिन हनीमून के लिए मसूरी भेज दिया उसे । इतना प्यार करती है गरिमा की सास उसे कि इतना प्यार तो मैं भी नहीं दे सकी उसे।" लेकिन ये सब कहते समय न जाने कैसे सवि ये भूल जाती थी कि प्रिया ने भी ऐसे ही कुछ सपने लेकर उसके आँगन में कदम रखा होगा। प्रिया और विनय का हनीमून-जो उसकी बुखार जैसी मामूली बीमारी की भेंट चढ़ गया था, उसे स्वस्थ होने के बाद दुबारा भी तो प्लान कर सकती थी सवि , लेकिन उसने ऐसा चाहा ही कब था ? उसने तो चैन की साँस ली थी उनका हनीमून कैंसिल होने पर। ऐसा कौन सा घर भर दिया था प्रिया के पापा ने- जो उनकी बेटी के इतने नाज उठाए जाए। गरिमा की ससुराल के स्वतंत्र विचारों की बात-बात पर तारीफ करने वाली सवि ये भूल जाती थी कि सूट और जीन्स की बात तो जाने ही दो, वो तो प्रिया के सर से जरा सा पल्लू सरक जाने पर भी इतनी जलती हुई निगाहों से घूरा करती थी कि शर्म से जमीन में गड़ सी जाती थी प्रिया, जैसे उसने न जाने कितना बड़ा अपराध कर दिया हो। कैसे दोहरे मानदण्ड थे उसके- ये सोचकर आज पहली बार सवि को खुद पर शर्म महसूस हुई।

वैसे यदि आज कम्मो जीजी उससे मिलने न आती और दिल खोलकर अपनी व्यथा न सुनाती तो सवि शायद पहले जैसी 'The Great Indian Mother-in-law' ही बनी रहती | पर आज कम्मो जीजी की बातों ने जैसे उसे आत्मविश्लेषण लिए मजबूर कर दिया था। दरअसल हर समय तीन तीन आज्ञाकारी बहुओं की सास होने के गर्व से भरी कम्मो जीजी जब आज उससे मिलने आई तो उनकी चाल में न तो पहले जैसी ठसक थी और न ही आवाज में वो पहले जैसी खनक । सवि का पूछना स्वाभाविक ही था- "क्या हुआ जीजी तबियत ठीक नहीं है क्या?" कम्मो जीजी के बड़े ही उदासीन स्वर में दिए गए जबाव को सुनकर चौंक पड़ी सवि - "नहीं री, मेरी तबियत को क्या होना है, बस यूं समझ कि दिन गिन रही हूँ अपने ।"

"अरे जीजी, दिन गिने तुम्हारे दुश्मन, तीन-तीन बहुओं की सास हो । अच्छे खासे भरे पूरे परिवार की मालकिन हो, ऐसा क्यों कह रही हो जीजी?" सवि के ऐसा कहते ही कम्मो की आँखों में आँसू झिलमिला उठे - "अरे सवि , सच कह रही है तू , पर तीन-तीन बहुओं और भरे पूरे परिवार के होते हुए भी आज मैं अकेली हूँ। खुद ही रोटी थोप रही हूँ पेट भरने के लिए ।' सुनते ही चौंक पड़ी सवि - "जीजी, लेकिन बहू-बेटे सब कहाँ है? अकेली क्यों हो आप ?" जैसे कुछ समझ नहीं पा रही थी सवि । उसके प्रश्न पर भीगे स्वर में बोल उठी

कम्मो जीजी- "कुछ मत कह सवि , कुछ लोग होते हैं मुझ जैसे अभागे, जो खुशियाँ पाकर घमंड से फूल जाते हैं। उन लोगों की कद्र करना भूल जाते हैं , जिनके दम से ये खुशियाँ हैं। सच है कि मेरे तीन-तीन बेटे और बहुएं हैं, आज्ञाकारी भी थे सब, लेकिन मैं तो उनकी आज्ञाकारिता की, उनके सम्मान की कीमत ही न समझ सकी। बहुओं की आज्ञाकारिता को मैं अपना जन्मसिद्ध अधिकार ही समझ बैठी थी। आज सोचती हूँ कि शादी होकर आई थी तो कितनी अच्छी थी मेरी बड़ी बहू । सारे काम मेरी इच्छानुसार ही किया करती थी। मँझली बहू भी भले ही बड़ी बहू जितनी आज्ञाकारी न थी, पर मेरी कभी हुक्मउदूली भी न की उसने । घर के बर्तन मलने से लेकर खाना बनाने तक का सारा काम, मेरी बहुएं ही करती थीं । एकाध बार दबी जुबान से बच्चों की पढ़ाई को समय न दे पाने का कारण बताकर उन लोगों ने मुझसे कामवाली बाई रखने के लिए कहा भी, लेकिन मैं तो इतनी आत्मलीन थी कि इस बात पर उन्हें झिड़क दिया मैंने । तुम तो जानती ही हो कि मेरा स्वभाव ही ऐसा है कि मेरे घर नाते-रिश्तेदारों और मिलने-जुलने वालों का ताँता लगा ही रहता है। पर जब बड़के का गुड्डू आठवीं क्लास में फेल हो गया, तो शायद उसका धैर्य जबाव दे गया क्योंकि दो महीने बाद ही उसका ट्रांसफर आर्डर आ गया दिल्ली के लिए । मुझे तो पक्का विश्वास है कि बड़के का ट्रान्सफर हुआ नहीं, उसने खुद ही कराया था। मेरे साम्राज्य का एक मजबूत स्तम्भ दरक गया था, पर मैं अभी भी अपनी हेकड़ी में रही, क्योंकि मंझला और छुटका तो मेरे पास थे न । दो साल तक तो सब कुछ ठीक चलता रहा पर एक दिन मंझली बहू से डिनर सेट की एक प्लेट क्या टूटी, मैंने अपनी आदत के अनुसार न सिर्फ अनाप-शनाप बोलना शुरु कर दिया, बल्कि बुरी तरह डांट भी दिया उसे । हांलाकि ये कोई पहली बार नहीं हुआ था। मेरे लिए तो बहुओं को डाँटना-डपटना आम सी बात थी । पर उस दिन शायद पानी सर से ऊपर गुजर गया था, क्योंकि दूसरे दिन ही अपना सामान पैक करके मंझला बेटा और बहू पुश्तैनी पुराने मकान में रहने चले गए। इन झटकों के बाद अब मुझे अपनी गलतियाँ समझ में आने लगी थी । खुद को बदलने का सोच ही रही थी कि छोटी बहू के पापा ने एक फ्लैट की रजिस्ट्री छोटी बहू के नाम कर दी। वैसे भी वो उनकी इकलौती संतान है, उसे भला वे अकड़बाज सास के अनुशासन में क्यों रखते ? बस छुटका और बहू भी अपने नए फ्लैट में रहने चले गये। रह गई मैं अकेली । अब एकान्त में बैठी याद करती हूँ, तो अपने द्वारा की गई ज्यादती के एक-एक दृश्य मेरी आँखों के सामने आते हैं। अब सोचती हूँ कि कहीं वे दिन फिर लौट आएं तो अपनों को बड़े प्यार से सहेज कर रखूंगी । पर अब ये कैसे

हो सकता है। रूठकर जाने वाले फिर कहाँ आते हैं ? अब तो अकेले ही दिन काटना मेरे नसीब में लिखा है। पर सवि, मैं तुझसे कह रही हूँ कि जो गलती मैंने की, तू न करना। तेरी बहू सोना है सोना। उसे सास की हेकड़ी न दिखाकर प्यार से व्यवहार करना। नहीं तो कहीं ऐसा नहीं हो कि तू भी तब चेते जब चिड़िया खेत ही चुग जाए।"

कम्मो जीजी तो चली गई पर सवि के मस्तिष्क में विचारों का झंझावात उठा गई। सचमुच सास के रूप में उसने भी तो कम गलतियाँ नहीं की हैं। प्रिया ने उसमें अपनी माँ को देखना चाहा था, पर माँ बनना तो दूर की बात है वो तो अच्छी सास भी न बन सकी। अब तक तो उसने एक डिक्टेटर की भूमिका ही निभाई है। वो ये भूल गई थी कि परिवार में रिश्ते, स्नेह और प्यार की मजबूत गाँठ से बाँधे जाते हैं। अहंकार और दर्प कब धीरे-धीरे रिश्तों का क्षरण करने लगते हैं, पता भी नहीं चलता। सचमुच उसने भी दूसरों से प्रभावित होकर सास के रूप में कुछ कम जुल्म नहीं ढाए हैं। पर अभी भी देर नहीं हुई, अब भी वो चाहे तो अपनी गलतियाँ सुधार सकती है। उसे याद आया कि बचपन में जब वो लिखने में स्पेलिंग मिस्टेक या वर्तनी की अशुद्धियाँ करती थी तो उसकी टीचर इसमें संशोधन करके पाँच-पाँच बाद लिखने के लिए कहा करती थी। आज जीवन की स्लेट पर इबारत लिखने में उसने अपने व्यवहार से जो गलतियाँ की हैं, उसमें संशोधन करने के लिए उसे शायद बार-बार प्रयास करना पड़े, पर संशोधन तो वो करके ही रहेगी। जिन्दगी की किताब के जो पन्ने उसने अपने अहंकार से बदरंग कर दिए, उनमें वो रंग भरकर ही रहेगी। अब बेटी के ससुराल जाने के बाद प्रिया उसकी बेटी बनकर रहेगी। अच्छा हुआ जो कम्मो जीजी आकर उसे आईना दिखा गईं, वरना न जाने कितने समय तक वो वे गलतियाँ दोहराती रहती, जिन्हें सुधारना भी उसके लिए असंभव हो जाता। सचमुच बहुत अति की है उसने सास के रूप में, सोचते सोचते सवि की आँखों से कब आँसू वह निकले पता ही न चला।

कम्मो को विदा करके जब प्रिया सास के कमरे में आई तो उसकी आँखों में आँसू देखकर घबरा गई। "क्या हुआ माँ, दर्द ज्यादा हो रहा है क्या ? मैं डॉक्टर को बुलाती हूँ।" कहकर जैसे ही प्रिया फोन उठाने लगी सवि ने उसे हाथ पकड़कर अपने पास बैठा लिया। "नहीं प्रिया बेटी, मुझे आज डॉक्टर की नहीं तेरी जरूरत है। आज मुझे बोध हुआ प्रिया, कि मैंने तेरे साथ बड़ा अन्याय किया है, बहुत ज्यादती की है पर अब बहुत हो चुका, आज से तू मेरी बहू नहीं प्यारी बेटी है।" कहते हुए सवि की आँखें एक बार फिर पश्चाताप के आँसुओं से भर

उठीं । आश्चर्य से हतप्रभ प्रिया को ये विश्वास ही नहीं हो रहा था कि वो जो सुन रही है, जो देख रही है, वह सपना नहीं सच है। पर सासू माँ की आँखों में सच्चाई देख प्रिया की आंखों में भी आँसू झिलमिला उठे, पर ये खुशी के आँसू थे। सवि के गले से लगकर उसे महसूस हुआ कि जिन्दगी की धूप में उसे ममता की छाँव मिल गई है ।

7

रक्षाबंधन

जीप जितनी तीव्र गति से गन्तव्य की ओर भाग रही थी चन्द्रेश के मस्तिष्क में भी उतनी ही तेजी से विचार आ जा रहे थे। कल जब से गाँव बिरवा के प्रधान ने ऑफिस आकर गाँव के विद्यालय की दयनीय दशा के बारे में बताया है, तभी से एक रोष सा दिल में पनप रहा है। जो एक ओर विद्यालय के शिक्षकों को लेकर है - जिनका उद्देश्य सिर्फ किसी तरह नौकरी करना है, तो दूसरी ओर बच्चों के अभिभावकों को लेकर भी है, जिनका अपने बच्चों को विद्यालय भेजने का उद्देश्य सिर्फ मिड डे मील या मध्यान्ह -भोजन तक ही सीमित होता है । बच्चा क्या पढ़ रहा है, कितना सीख रहा है ? इस तरफ किसी का ध्यान ही नहीं है । इस स्थिति को सुधारने को बेसिक शिक्षा अधिकारी चन्द्रेश मिश्रा ने एक चुनौती की तरह लिया है।

अभी इस जिले का कार्यभार सँभाले उन्हें एक वर्ष ही हुआ है, पर वे एक कड़क और सिद्धान्तवादी अधिकारी के रूप में जाने जाने लगे है, जो शिक्षा की गुणवत्ता से कोई समझौता नहीं करता । इस छोटे से कार्यकाल में ही उन्होंने विद्यालयों की में स्थिति काफी सुधार ला दिया है। उनके औचक या आकस्मिक निरीक्षणों का प्रभाव है कि शिक्षक अब समय पर विद्यालय पहुँचने लगे हैं, कक्षाओं में निरन्तर पढ़ाई होने लगी है। पर पता नहीं कैसे बिरवा गाँव का ये विद्यालय उनसे छूट गया। शायद उनके कार्यक्षेत्र का अन्तिम विद्यालय होने के कारण, या शायद सड़क से काफी दूर स्थित होने के कारण। पर जब से ग्रामप्रधान के द्वारा गाँव के प्राथमिक विद्यालय की शिकायत मिली है, वे खुद को रोक नहीं पा रहे हैं। रह रह कर रोष आ रहा है उन शिक्षकों पर, जो शिक्षक का गरिमामय पद स्वीकार तो कर लेते हैं, पर पद की गरिमा तो दूर की बात है, उसके मूल कर्तव्यों तक से दूर होते हैं। छात्रों का भविष्य जिनके लिए महत्त्वहीन होता है। न जाने क्यों ये स्थिति बी. एस. ए. चन्द्रेश मिश्रा के दिल में एक

छटपटाहट सी पैदा कर देती है। अपने किसी और साथी में तो उन्होंने ऐसी बेचैनी नहीं देखी। उनके बैच के अन्य अधिकारी जहाँ अपने ऑफिस में बैठकर आराम से काम कर रहे हैं, वहां वे ही क्यों एक विद्यालय से दूसरे विद्यालय निरीक्षण करते हुए घूमते रहते हैं। पर ग्रामीण शिक्षा का स्तर सुधारना जैसे उनका जुनून है। लोग उनके इस जुनून पर आश्चर्य करते हैं। पर चन्द्रेश जानते हैं कि ये जुनून, ये ज़ज्बा उनके अन्दर आया कहाँ से ।

यदि चन्द्रेश की माँ आठवीं कक्षा के बाद, हेमा को शहर अपने घर न लाईं होती, तो शायद उसका ध्यान कभी गाँव के विद्यालयों और उनकी शिक्षा के स्तर पर जाता ही नहीं। हेमा उससे सिर्फ चार महीने ही बड़ी थी और उसकी माँ के चचेरे भाई की लड़की थी। हेमा का भाई जहाँ शहर में रहकर 12वीं की पढ़ाई कर रहा था, वहीं लड़की होने के कारण हेमा ने गाँव के विद्यालय से ही आठवीं कक्षा पास की थी। गर्मियों की छुट्टी में जब माँ हमेशा की तरह अपने मायके गईं, तो अपनी भाभी से बातचीत में उन्हें पता चला कि अब हेमा की पढ़ाई छूट जाएगी, क्योंकि आठवीं के बाद गाँव में विद्यालय है नहीं और हेमा के पापा का विचार है कि लड़की को तो शहर भेजकर पढ़ाने की कोई तुक ही नहीं। तब माँ ने हेमा की पढ़ाई का जिम्मा खुद ले लिया । मामाजी पहले तो संकोच कर रहे थे, पर जब माँ ने समझाया कि यदि हेमा आगे न पढ़ी तो उसका रिश्ता भी कहीं अच्छी जगह नहीं हो पाएगा, क्योंकि आजकल तो शहरों की तो बात ही क्या, गाँवों में भी सब पढ़ी-लिखी लड़की ही चाहते हैं। तो माँ की बात का यह व्यावहारिक पक्ष मामाजी ही नहीं, नानाजी पर भी असर कर गया और वे माँ के साथ हेमा को शहर भेजने पर राजी हो गए।

कहना न होगा कि माँ का ये प्रस्ताव उसे यानि चन्द्रेश को भी बहुत भाया। अब तक उसे खेलने के लिए घर से बाहर जाना पड़ता था। घर से ज्यादातर बाहर रहने के कारण डांट खाना रोज का ही बात हो गई थी, पर अब यदि उसे घर में भी एक साथी मिल जाएगा तो उसके लिए तो ये फायदे का सौदा ही था। शाम को खेलकर जब वो वापिस आकर हाथ मुँह धो रहा था तो उसने सुना पापा माँ के इस निर्णय पर कुछ ऐतराज जताते हुए कह रहे थे-" लड़की की जिम्मेदारी कोई कम नहीं होती । तुमने क्यों आगे बढ़कर खुद ये जिम्मेदारी ले ली ?" तो माँ ने गम्भीरता से उत्तर दिया- "देखिए, मैं कुछ सोचकर ही हेमा को शहर लाई हूँ । गाँव में पढ़ने-लिखने का माहौल न होते हुए भी ये लड़की पढ़ाई में इतनी होशियार है कि आप देखेंगे तो आश्चर्य करेंगे। जब गाँव की लड़कियां फालतू की गपशप में लगी रहती हैं, तब भी ये पढ़ती रहती है। लिखाई देखिए

इसकी - बिल्कुल मोती के से अक्षर | मैथ्स में तो जैसे ईश्वर की विशेष कृपा है इस पर ! खुद ही अपने भाई की किताबों को लेकर सवाल हल करती रहती है | यहाँ तक कि अपने भाई को 12वीं के भी कई सवाल समझा देती है। चन्दर को देखा है आपने ? स्कूल से आकर पूरे दिन घर से बाहर क्रिकेट ही खेलता रहता है। मैथ्स का ट्यूशन लगा रखा है फिर भी 40-45 से ज्यादा नम्बर आते ही नहीं इसके | हेमा के साथ पढ़ेगा तो हेमा इसकी मैथ्स में मदद कर दिया करेगी और फिर घर में पढ़ाई का माहौल भी बनेगा हेमा की बदौलत !" माँ की बातें सुनकर उस समय तो उसे ऐसा लगा जैसे हेमा नहीं उसका कोई प्रतिद्वंद्वी आ गया हो।

सचमुच शुरू-शुरू में हेमा की बुद्धिमता से अपनी तुलना उसे खीझ से भर देती थी। पर धीरे-धीरे ये खीझ तिरोहित होने लगी। हेमा थी ही इतनी शान्त , इतनी गंभीर, कि उस पर खीझना उसे अपना बचपना ही लगता था। वैसे भी हमेशा से मैथ्स विषय उसके लिए पढ़ाई से दूर भागने का कारण रहा था। पर हेमा, उसे देखकर तो ऐसा लगता था जैसे उसे मैथ्स के सवाल हल करने के लिए ही इस पृथ्वी पर भेजा गया था । जो सवाल चन्द्रेश को डरावने और भयानक लगते, उन्हें हेमा ऐसे चुटकियों में हल कर देती थी जैसे वे कुछ हों ही न। कभी कभी उसे ईर्ष्या होती थी हेमा से । काश ! उसके पास भी हेमा जैसी बुद्धि होती, तो स्कूल में उसका कितना नक्शा होता | हाँ, गाँव के स्कूल में पढ़ने के कारण और उपयुक्त माहौल न मिलने के कारण हेमा की इंग्लिश ज़रूर कमजोर थी और वो इसके लिए हेमा का मजाक उड़ाकर अपने मैथ्स की कमजोरी को बेलेंस करने की कोशिश करता था, लेकिन 10th क्लास तक आते आते उनमें एक अलिखित सा समझौता हो गया कि चन्द्रेश हेमा की इंग्लिश में मदद करेगा और हेमा मैथ्स में चन्द्रेश की। यही वजह थी कि 10th बोर्ड की परीक्षा में जहाँ चन्द्रेश के मैथ्स में 78 मार्क्स आए वहीं हेमा के इंग्लिश में 70 नम्बर आए। इसके बावजूद वो अपने विद्यालय में तृतीय स्थान पर रही थी और जहाँ तक चन्द्रेश की बात थी- उसकी गिनती भी अब अच्छे विद्यार्थियों में होने लगी थी। 12th तक आते-आते तो वो कैरियर को लेकर काफी गम्भीर होने लगा था। इसमें संदेह नहीं कि इस गंभीरता में हेमा की बहुत बड़ी भूमिका थी। मम्मी-पापा भी उसमें आए इस परिवर्तन से बहुत खुश दिखाई देते थे। कहना न होगा कि उसमें आये इस बदलाव का श्रेय अक्सर माँ अपने हेमा को शहर लाने के निर्णय को देकर बाजी मार ले जाती थीं। 12वीं की परीक्षा का परिणाम आया तो जैसा कि सभी आशा कर रहे थे हेमा ने 91.2% अंको के साथ परीक्षा पास की थी। लेकिन चन्द्रेश भी अब बहुत पीछे न था, उसके भी 88.5% अंक आए थे। दोनों को इस सफलता के

लिए अभी बधाईयों और मिठाईयों का दौर थमा भी न था कि मामा-मामी आ गए हेमा को ले जाने के लिए। अभी तो चन्द्रेश और हेमा कॉलेज जाने की योजनाएं बना ही रहे थे कि इस निर्णय ने जैसे वज्रपात सा किया। बहुत समझाया माँ- पापा ने कि इतनी होशियार लड़की है, इसे आगे पढ़ने दो। लेकिन मामी का तर्क था कि ज्यादा पढ़-लिख जाने पर लड़कियों को उनके जोड़ का वर ढूंढना मुश्किल हो जाता है और पढ़ी - लिखी लड़कियाँ घर-गृहस्थी के कामों में भी फूहड़ रह जाती हैं। इसलिए अब हेमा को घर-गृहस्थी के कामों में रुचि लेना चाहिए | बार-बार माँ-पापा के समझाने पर वे इस बात पर तैयार हुए कि हेमा ग्रेजुएशन का प्राइवेट फॉर्म भरेगी और शहर आकर परीक्षा दे देगी। आज भी गाँव जाते समय हेमा की सजल, करुण और विवश दृष्टि की याद उसके हृदय को कचोटती है कि वो हेमा के लिए क्यों कुछ नहीं कर पाया?

इसके बाद तो परीक्षाओं के दौरान ही हेमा का शहर आना होता था। अभी अन्तिम वर्ष की परीक्षाएं पास ही थीं कि सूचना मिली कि हेमा की शादी हो रही है। चन्द्रेश की बी.एससी. की परीक्षा बिल्कुल निकट थी , इसलिए वो शादी में नहीं गया। वैसे भी वो ऐसी प्रतिभा को असमय विवाह की वेदी पर बलि दिए जाते हुए नहीं देख सकता था । पर माँ को तो जाना ही था। वापिस आकर उन्होंने बताया कि वैसे तो काफी जमीन जायजाद है हेमा के ससुराल में, पर हेमा की केवल एक ही शर्त थी कि लड़का सर्विस में होना चाहिए, तभी वो शादी करेगी | तो लड़के ने ग्रामीण बैंक की परीक्षा पास कर ली है, जल्दी ही उसकी नियुक्ति भी हो जाएगी। वैसे तो इतनी जमीन जायज़ाद है हेमा की ससुराल में कि लड़के को नौकरी की जरूरत ही नहीं ।

बी. एससी. करते ही चंद्रेश तो इलाहाबाद आ गया प्रतियोगी परीक्षाओं की तैयारी करने और इसके साथ ही धीरे-धीरे हेमा के समाचार मिलने भी बन्द हो गए। पर आज भी उसे लगता है कि आज वो जो कुछ भी है, जिस पद पर है उस तक वो कभी न पहुँच पाता, यदि हेमा ने उसे प्रेरित न किया होता। उसकी जिन्दगी को यदि सही दिशा दिखाने का श्रेय किसी को है, तो वो हेमा ही है। लेकिन हेमा की शादी के बाद उससे कभी मुलाकात ही नहीं हुई कि वो उसे धन्यवाद दे पाता । पर गाँव के विद्यालयों में शिक्षा की स्थिति सुधारकर वो शायद हेमा के प्रति अपना आभार ही प्रकट कर रहा है, जिससे गाँव की किसी और हेमा की बुद्धिमत्ता और प्रतिभा असमय दम न तोड़ दे।

अचानक ड्राइवर की आवाज से उसके विचारों की श्रृंखला टूट गई। वो कह रहा था- "साहब, अब इसी रास्ते से नीचे उतरना होगा।" सड़क से नीचे जाता हुआ

ऊबड़-खाबड़ रास्ता उसे दिखाई दिया। जीप हिचकोले खाती हुई आगे बढ़ रही थी कि लगभग 2 किलोमीटर आगे चलने के बाद जीप का टायर पंक्चर हो गया। शायद रास्ते की विषमता को झेल नहीं सका था वो। ड्राइवर स्टेपिनी बदलने लगा तो चन्द्रेश नीचे उतर आया। अप्रैल का महीना था, लेकिन धूप काफी तीखी हो गई थी। साथ में लाई बोतल का पानी खत्म हो चुका था। प्यास से गला सूखने लगा तो चन्द्रेश सामने कुछ ही दूरी पर बने मकानों की तरफ बढ़ गया । गाँव के कच्चे मकानों के बीच एक पक्का मकान देखकर चन्द्रेश ने उसी का दरवाजा खटखटाया। दरवाजा खुला तो दरवाजा खोलने वाली को देखकर चंद्रेश को अपनी आँखों पर विश्वास ही नहीं हुआ। ये और कोई नहीं हेमा ही थी। हेमा भी उसे सामने देखकर हतप्रभ सी होकर बोल उठी- "चन्दर तुम !! आज हेमा की याद कैसे आ गई ?" लज्जा से गड़ गया चन्द्रेश | सचमुच पिछले चार सालों में पहले प्रतियोगिताओं की तैयारी में और फिर सफल होकर अपने पद की जिम्मेदारियों में ऐसा खोया हुआ था चन्द्रेश कि जिसकी प्रेरणा, जिसके मार्गदर्शन ने उसे इस मुकाम तक पहुँचाया था, उसकी सुध लेना ही भूल गया था |

थोड़ी देर शिकवे- शिकायतों का दौर चला और फिर हेमा किचन में चाय बनाने चली गई । वो थोड़ी देर तो उसके घर का निरीक्षण करता रहा फिर बातें करने किचन में ही आ गया । हेमा चाय बनाते-बनाते पत्रिका का एक पेज जिसमें शायद कोई सामान लपेट कर लाया गया था,उसे बड़े ध्यान से पढ़ रही थी। उसे सामने देखा तो खिसियानी सी हँसी हँस कर बोली- "चन्दर , अब तो पढ़ने के लिए यही कुछ मिलता है यहाँ |" चन्द्रेश को याद आया किताबों की कितनी शौकीन थी हेमा । खाली समय में जब चन्द्रेश क्रिकेट खेलकर मनोरंजन करता था, तब भी हेमा के मनोरंजन का साधन लाइब्रेरी से लाई किताबें ही होती थीं। चाय पीते-पीते पूछ बैठा चन्द्रेश -"तो अब क्या व्यस्तताएं रहती हैं तुम्हारी ? कैसे कटता है समय ? गृहस्थी ही संभाल रही हो या आगे पढ़ने का भी सोचा तुमने ? तुम तो बहुत शौकीन थीं पढ़ने की ?" कुछ देर तक तो चुप्पी छाई रही फिर लम्बी साँस भरकर बोली हेमा- "चंदर, तुम्हें तो पता ही होगा कि इनकी माँ के बीमार होने के कारण मेरी शादी बहुत जल्दी में हुई थी | मेरी शादी के बाद उनकी बीमारी बढ़ती ही गई। इनका नियुक्ति पत्र आया तो अम्मा की हालत देखकर इन्होंने मना करना चाहा | पर मैंने ही जिद करके इन्हें ज्वाइन करने भेजा- ये वादा करके कि इनकी अनुपस्थिति में मैं अम्मा को कोई परेशानी नहीं होने दूंगी। फिर तो मेरी दुनिया बस हवेली तक ही सीमित हो गई। मायके जाना भी छूट गया | मेरे न होने पर अम्मा की देखभाल कौन करता ? नई-नई नौकरी

थी, इसलिए ये भी कभी-कभी ही आ पाते थे गाँव | लगभग तीन साल अम्मा बिस्तर पर रहीं और मैं उनकी सेवा में लगी रही। लेकिन फिर भी वे बच न सकीं और भगवान को प्यारी हो गईं | अम्मा के जाने के बाद लगभग एक साल पहले ही तुम्हारे जीजाजी मुझे यहाँ ले आए।अब ऐसी परिस्थिति में पढ़ाई के बारे में कौन सोचता ?" कहकर चुप हो गई हेमा | कुछ देर फिर निस्तब्धता छाई रही फिर धीरे से बोली हेमा -" कभी-कभी ऐसा लगता है ,जैसे जीवन निरुद्देश्य सा गुजरा जा रहा है। एक लीक से बंधी जिन्दगी- जिसमें न अपने लिए कुछ कर रही हूं और न समाज के लिए।" इसी बीच जीजाजी आ गए | उसका परिचय पाकर बड़े खिलकर बोले-"अरे, आपसे मिला नहीं हूँ मैं, पर हेमा आपकी काफी बातें करती है इसलिए लगता ही नहीं कि आपसे पहली बार मिल रहा हूं।" काफी अच्छा लगा जीजाजी से मिलकर , सरल से, अपने काम से काम रखने वाले लगे उसे वे । लेकिन हेमा ने अन्तिम वाक्य ने उसका हृदय विचलित कर दिया था।

वापिस लौटते समय रास्ते भर यही सोचता रहा चन्द्रेश कि जिसने उसे सही रास्ता दिखाया, जो उससे कहीं ज्यादा बुद्धिमती थी, आज अदृश्य सी जंजीरो में बंधी हुई है। क्या नारी होना उसका अपराध है? नहीं नहीं , यदि उसने हेमा की प्रतिभा को बेकार जाने दिया तो उससे बड़ा कृतघ्न और कौन होगा? एक समय था जब हेमा ने उसके जीवन में बहुत बड़ा सकारात्मक परिवर्तन लाया था, अब बारी उसकी है।

इस बार कई सालों बाद वो रक्षाबन्धन का बड़ी बैचेनी से इन्तजार कर रहा था। शायद पाँच-छह साल बाद वो हेमा से राखी बंधवाएगा । बिरवा पहुँचा तो जीजाजी और हेमा बड़े खुश नजर आए- " चंद्रेश भाई, आज आपके आने की सुबह से तैयारी चल रही है। सच तो ये है कि आज का त्योहार वाकई त्योहार सा लग रहा है।" खिलकर बोले जीजाजी । हेमा ने राखी बाँधी तो उसने एक लिफाफा हेमा की तरफ बढ़ाते हुए कहा- "जीजाजी, उपहार तो मैं हेमा को दे रहा हूँ पर वो सार्थक होगा तब, जब आपकी अनुमति हो ।" "चन्द्रेश भाई ! क्या है इस लिफाफे में ?" चौंककर बोले जीजाजी |" चन्द्रेश बोला - "इस लिफाफे में बी. एड. का फॉर्म है। जीजा जी, हेमा को इस साल बी. एड. करने की अनुमति दे दीजिए।" अचानक दिए गए इस प्रस्ताव से कुछ अचकचा से उठे थे जीजाजी, इसलिए बोले- "लेकिन चन्द्रेश भाई, यहाँ से तो शहर बहुत दूर है, क्लासेस अटैण्ड करने के लिए रोज हेमा का शहर जाना तो बहुत कठिन होगा। हेमा कैसे कर पाएगी ये?" "अरे, लेकिन गाँव से रोज शहर जाने की जरूरत ही क्या है ? हेमा के भाई का घर किस काम आएगा ? चार साल हेमा जिम्मेदारियों की वजह से मायके नहीं जा पाई, अब

एक सत्र के लिए उसे अपने भाई के घर रहकर बी. एड. करने की परमीशन देकर आप इसकी भरपाई कर दीजिए।" समाधान सुझाया चन्द्रेश ने। " ठीक है चन्द्रेश भाई, जब आप कह रहे है तो मैं कैसे इन्कार कर सकता हूँ?" कृतज्ञता ज्ञापित करने के लिए जीजाजी के पैरों में झुकते हुए बोला चन्द्रेश-" जीजाजी, बी. एड. करके शिक्षण करना हेमा के लिए ही नहीं, बल्कि ग्रामीण समाज के लिए भी वरदान साबित होगा। मुझे पूरा विश्वास है कि हेमा अपने ज्ञान से कई और हेमाओं में ज्योति जगाएगी । जैसे इसने मेरे जीवन में परिवर्तन लाया था, ये आने वाले समय में कई और बालिकाओं के जीवन में परिवर्तन लाएगी |"

हेमा के आँखों की चमक, उनकी दीप्ति बता रही थी कि उसे अपने जीवन का लक्ष्य मिल गया है, अब वो भविष्य में कई जिन्दगियों को रोशन करने वाली है। चन्द्रेश को विश्वास है कि ऐसा जरूर होगा | अब उसका मन फूल की तरह हल्का था । उसे लग रहा था कि थोड़ा ही सही वो भाई के रूप में ही नहीं, बल्कि समाज के प्रति भी अपना कर्त्तव्य पूरा कर सका है।

8

"मम्मा, हमारे टिफिन में आज क्या रखा है ? बर्गर बनाए हैं न, हमने कल ही कह दिया था कि आज हम लंचबॉक्स में बर्गर ही ले जाएंगे।" ईशु - विशु की फरमाइश के उत्तर में रिदिमा की झुंझलाती हुई आवाज आई - " लंच बॉक्स में क्या रखा है ? मेरा सर | रोज तुम्हारी नई-नई माँगें पूरी करूँ या घर देखूं । जाओ, आज आलू का पराठा ही लेकर जाओ।" कहते हुए रिदिमा ने लंचबॉक्स ईशु - विशु के बैग में लगभग ठूंस दिए। बच्चों की फरमाइशों को सर्वोपरि समझने वाली रिदिमा आज इतना झुंझला क्यों रही है, ये जानता है शिवम। दरअसल आज जीवन चाचा, माँ को दिल्ली लेकर आ रहे हैं। साढ़े तीन कमरों के फ्लैट में माँ को कहाँ एडजस्ट किया जाए, यही सोचकर टेंशन में है रिदिमा। उनका एक कमरा ड्रॉइंगरूम के रूप में उपयोग होता है, तो दूसरा उनका बैडरूम है और तीसरा कमरा- जाहिर है -ईशु-विशु के धमाचौकड़ी और शरारतों का केन्द्र है। फिर 6X8 का स्टोर तो स्टोर ही है, घर - गृहस्थी के सारे जरूरी और गैरजरूरी सामानों का शरणस्थल। ऐसे में माँ को कौन सा कमरा दिया जाए? अब तक यही निश्चित नहीं कर पाई है रिदिमा।

शिवम को याद आने लगा कि कैसे चाव से माँ ने उसके हाईस्कूल में आने पर उसकी पढ़ाई के लिए अलग कमरा बनवाया था | कहाँ उसकी पढ़ने की मेज होगी, कहाँ किताबों का रैक होगा, कैसा डिजायन होगा उसकी रीडिंग टेबल का ? घण्टों वे दोनों इसी पर चर्चा करते और फिर कहीं जाकर गाँव के बढ़ई को इसे बनाने का ऑर्डर दिया जाता | 15 साल की किशोरावस्था में जहाँ 'मेरा अपना कमरा' जैसी अनुभूति उसे रोमांचित कर देती थी, वहीं माँ के उत्साह की भी जैसे सीमा न थी। माँ नहीं चाहती थी कि उसके लायक बेटे के कमरे में कहीं कोई भी कमी रह जाए। सारा फर्नीचर शीशम की लकड़ी का ही होगा - एकदम फर्स्टक्लास, जिद थी माँ की । पिताजी तो मिलिट्री में थे और साल में एक महीने

की छुट्टी में ही घर आते थे। उसमें भी उनका ज़्यादातर समय गाँव की चौपाल और दोस्तों के बीच ही बीतता था। उन्हें तो शायद याद भी नहीं होगा कि शिवम् इस बार दसवीं की बोर्ड की परीक्षा देगा। अब तो सोचकर हँसी आती है कि बचपन में कई साल तक तो वो अपने पिता को मेहमान ही समझता रहा। पर जहाँ तक माँ की बात है, तो माँ तो हर पल, हर मोड़ पर, हर कदम पर उसके साथ थी। इण्टरमीडिएट पास करते ही पिताजी तो उसे आर्मी में ले जाने के पक्ष में थे, पर ये माँ ही थी, जो चट्टान की तरह अडिग होकर खड़ी थी कि शिवम अपनी इच्छानुसार शहर जाकर आगे पढ़ेगा। अच्छे कॉलेज में एडमीशन, फीस, हॉस्टल का खर्च - पिताजी ने तो हाथ खड़े कर दिए थे, पर माँ के चेहरे पर शिवम ने कभी परेशानी नहीं देखी। शिवम को आगे बढ़ते देखना ही जैसे उनकी जिन्दगी का मकसद था, उसे पूरा होते देख वे परम संतुष्टि के भाव से भरी रहतीं।

शिवम छुट्टियाँ में जब भी गाँव जाता, जब तक माँ की गोद में सर रखकर लेट न लेता उसे चैन ही नहीं पड़ता। अन्दर से ममत्व और आनंद से भरी हुई माँ उसे ऊपर से झिड़कती- "चल-चल क्या कर रहा है? बी.एससी. कर रहा है, पर लाड़ बच्चों जैसा। कल को तेरी शादी होगी तो बहू कहेगी पता नहीं किस नन्हें - मुन्ने से मेरी शादी हुई है।" "अरे नहीं,मेरी शादी होगी तो मैं और आपकी बहू दोनों ही आपकी गोद में लेटा करेंगे "- हँसकर कहता शिवम।

पर युवावस्था की कल्पनाओं के ओस-बिन्दु जीवन के तप्त रास्तों पर कब भाप बनकर उड़ जाते हैं, पता ही नहीं चलता। ग्रेज्यूएशन के बाद शिवम ने प्रतियोगी परीक्षाओं में बैठना शुरू कर दिया और कुछ समय बाद उसे बैंक में अधिकारी के रूप में नियुक्ति मिल गई। पहली पोस्टिंग कानपुर के पास मिली तो माँ ने ही गाँव से आकर उसके किराए के मकान को व्यवस्थित किया।

प्रमोशन के बाद दिल्ली आने पर काम के सिलसिले में रिदिमा के व्यवसायी पिता से मुलाकात हुई और महानगर की चकाचौंध से अछूता ये संस्कारी लड़का उन्हें अपनी बेटी के लिए भा गया। उनके आमंत्रण पर उनके घर जाने पर रिदिमा से मुलाकात हुई। रिदिमा का सौन्दर्य, उसका आत्मविश्वास - किसी को भी प्रभावित करने में सक्षम था, फिर भला सीधा-सादा शिवम प्रभावित कैसे न होता? शादी के बाद गाँव पहुँचने पर माँ तो रिदिमा को देखकर निहाल हो गई, पर जन्म से ही दिल्ली में पली-बढ़ी रिदिमा का मूड गाँव पहुँचकर बिलकुल उखड़ गया। रही-सही कसर शादी के बाद की जाने वाली थकाऊ रस्मों ने पूरी कर दी। पाँच दिन गाँव में जैसे एक - एक घंटा, बल्कि एक- एक पल गिनकर काटे उसने। उसके बाद तो उसने गाँव के नाम से ही हाथ जोड़ लिए। बाद में एक- दो बार

शिवम माँ को जिद करके दिल्ली लाया भी, तो माँ बस एकाध सप्ताह ही वहाँ रहकर वापिस लौट गई। इसके लिए जहाँ दिल्ली का प्रदूषित वातावरण जिम्मेदार था, तो वहीं दूसरी ओर घर का मिलिट्री जैसा अनुशासन में बँधा वातावरण भी कम जिम्मेदार न था।

लेकिन इस बार बात कुछ अलग है, जीवन भर अपने परिश्रम और उत्साह से रोगों की पटखनी देने वाली माँ लगभग एक महीने से बुखार से पीड़ित है। पड़ोस के जीवन चाचा ने पहले तो उन्हें गाँव के डॉक्टर को ही दिखाया पर फायदा न होने पर पास के कस्बे में ब्लड-टेस्ट वगैरह कराए गए। जिससे पता चला कि माँ को टायफाइड है। उनका सही इलाज और देखभाल उनके बेटे के पास दिल्ली में हो सकेगी, यह सोचकर ही आज जीवन चाचा माँ को यहाँ ला रहे हैं।

अचानक रिदिमा की आवाज से शिवम के विचारों की श्रृंखला टूटी। वो कह रही थी -" सुनिए, ऐसा करते हैं स्टोर में ही माँ की चारपाई डलवा देते हैं। इतनी जगह तो है ही इसमें। इसका सामान किसी तरह भी किचिन में एडजस्ट कर लेंगे और बाकी सामान बालकनी में रख देंगे, ठीक है न ? जानता है शिवम कि रिदिमा सलाह नहीं ले रही, बल्कि ऑर्डर दे रही है, फिर भी शिवम के मुँह से निकल ही गया "लेकिन स्टोर तो छोटा सा है और उसमें एक छोटी सी ही खिड़की है, माँ को परेशानी नहीं होगी? "

"पर और चारा भी क्या है इसके अलावा। बड़ा सा फ्लैट तो खरीद नहीं सकते आप।" रिदिमा की बात सुनकर कटकर रह गया शिवम । जब भी मौका मिलता है छोटे फ्लैट के लिए ताना दे ही देती है रिदिमा । अब उसके बिजनेसमैन पापा की तरह बड़ा घर लेना तो संभव नहीं शिवम के लिए। पर पता नहीं, क्या बात है कि गलत बात का भी प्रतिवाद चाहकर भी नहीं कर पाता शिवम । शायद गाँव की पृष्ठभूमि के कारण दिल्ली निवासी मॉडर्न रिदिमा उसे अपने से कमतर समझती है और यही हीनभावना, ये संकोच उसे रिदिमा के सामने अपनी सही बात भी नहीं रखने देता ।

शाम होते- होते माँ आ गई। महीने भर के बुखार ने जैसे तोड़ दिया था उसे । कितनी कमजोर, कितनी निरीह लग रहीं थी वो, शिवम का मन भर आया। चाय-नाश्ता करके जीवन चाचा तो गाँव वापिस लौट गए और माँ ईशु- विशु की बातों में उलझी वहीं बैठी रहीं । ईशु- विशु की बातें तो जैसे खत्म होने पर ही नहीं आ रहीं थीं । बहुत समय बाद इतना धैर्यशाली श्रोता जो मिला था उन्हें । खाना खाने के बाद जब सोने का समय हुआ तो माँ बोली - "चल शिवम, मेरा बिस्तर

लगा दे बड़ी थकान हो रही है।" स्टोर में बिछी चारपाई की ओर ले जाते हुए शिवम का मन संकोच और लज्जा से भर उठा। लेकिन रिदिमा ने बड़ी चतुराई से बात सँभाल ली ये कहकर - "माँ जी आपके रहने का इंतजाम एकदम अलग एकांत में किया है, जिससे आपके आराम में खलल न पड़े। वरना ईशु - विशु तो चैन भी न लेने देंगे आपको।" स्टोर में विछी चारपाई देखकर फीकी सी हँसी हँस दी माँ - "ठीक है बहू, ठीक ही सोचा है तुमने।" शिवम को याद आया कि कैसे उसके कमरे में चारों दिशाओं में खिड़कियाँ लगवाई थीं माँ ने, ताकि हवा किसी भी दिशा से आए उनके बेटे को गर्मी न लगे।

अगली शाम जब शिवम ऑफिस से लौटा तो रिदिमा चाय रखते हुए बोली-" आज तो सर दर्द करने लगा मेरा। माँजी तो गाँव की इतनी बातें बताती हैं कि बोर हो गई मैं तो। जिनसे न जान न पहचान, उनकी बातें कोई कब तक सुने।" शिवम जानता है कि माँ को गाँव के लोगों की- जो उनके परिवार की तरह ही हैं, याद सता रही है, पर रिदिमा भला ये कैसे समझ सकती है? वो तो एक बार के बाद दोबारा गाँव गई ही नहीं। और अपने पापा के बड़े से बंगले में रहने वाली रिदिमा के सम्बन्ध पड़ोसियों की कौन कहे, रिश्तेदारों से भी औपचारिक से ही रहे हैं, ऐसे में वो भला माँ की भावनाओं को कैसे समझ सकती है ?

अगले सप्ताह रिदिमा की शिकायत थी "पता नहीं, कौन सी पुरानी- पुरानी बातें लेकर बैठ जाती हैं माँ जी। कभी तुम्हारे पढ़ाई की, तो कभी बचपन की शैतानियों की। भला ईशु-विशु क्या सोचते होंगे, कि उनके पापा बचपन में कितने शैतान थे। मैंने तो उन्हें यही बताया है कि उनके पापा शुरू से ही बड़े ही डिसिप्लिन्ड रहे ।"यही नहीं रिदिमा को तो उसकी सहेलियों सॉरी 'फ्रेण्ड्स'('सहेली' शब्द रिदिमा के अनुसार बिलकुल मिडिल क्लास लगता है) से भी माँ के बातचीत करने पर आपत्ति थी। क्योंकि माँ तो अपने खेतों की, खलिहानों की बात करती थी और रिदिमा की फ्रेण्ड्स गाँव से संबंध रखने वाले व्यक्ति को गंवार समझती थीं। माँ भी शायद ये सब समझ रही थीं और इसलिए वो धीरे-धीरे अपने में ही सिमटती जा रहीं थी। अब उन्हें दिल्ली आए एक महीना हो गया था और धीरे-धीरे उनके स्वास्थ्य में सुधार होता जा रहा था पर पता नहीं क्यों, पहले की सी चमक उनके चेहरे से नदारत थी। शाम को माँ को बालकनी पर चुपचाप बैठे देखता शिवम, तो उसे लगता जैसे दीन-दुनिया से बेखबर कोई समाधिस्थ मूर्ति रखी हो।

बच्चों की गर्मियों की छुट्टियों का आज पहला शनिवार था। वैसे हमेशा पापा के घर होने पर बच्चे पापा के साथ ही नाश्ता करते हैं और साथ में खूब मस्ती

भी चलती है, पर आज पता नहीं क्यों ईशु- विशु के बीच कुछ और ही खिचड़ी पकती नज़र आ रही थी। पापा के घर पर होने पर भी दोनों अपने कमरे में घुसे हुए हैं। कुछ समय बाद कमरे से बाहर आते भी हैं, तो पता नहीं क्या कुछ लेकर फिर अंदर चले जाते हैं और दरवाजा बंद कर लेते हैं। नाश्ते पर तो डाइनिंग टेबल पर थे ही नहीं दोनों, दोपहर लंच के समय भी दोनों गायब थे । ये तो सरासर अनुशासन भंग करने का मामला था। रिदिमा का क्रोधित चेहरा देखकर आखिर शिवम को उन्हें बुलाने जाना पड़ा | पापा की आवाज सुनकर थोड़ा सा दरवाजा खोलकर दोनों उसके कान में फुसफुसाते हुए बोले- पापा, आज मदर्स डे है न , तो हम सेलिब्रेट करने की तैयारी कर रहे हैं | आप प्लीज मम्मी को कुछ मत बताना, नहीं तो सरप्राइज ख़राब हो जायेगा।" शिवम को अंग्रेजों के ये चोंचले कभी पसन्द नही आते | माँ-बेटे का स्नेह किसी एक खास दिन प्रदर्शित करने की चीज तो है नहीं। ये तो हर दिन, हर पल महसूस करने की बात है। पर बच्चों के उत्साह को देखते हुए उसने उनका दिल तोड़ना उचित न समझा |

शाम होते ही ईशु - विशु ने दरवाजा नॉक करते हुए कहा- "मम्मा, जल्दी से आप लोग हमारे कमरे में चलो। एक सरप्राइज है आपके लिए।" कमरे में पहुँचने पर समझ आया कि दिन भर किस काम में व्यस्त रहे दोनों बच्चे | कमरे को बहुत ही अच्छे से सजाया गया था | दीवार पर बच्चों ने रिदिमा का फोटो लगाया हुआ था जिसके नीचे लिखा हुआ था 'हैप्पी मदर्स डे' | दोनों ने बड़ा सा ग्रीटिंग कार्ड भी बनाया था, जिस पर माँ के त्याग पर कृतज्ञता ज्ञापित करती पंक्तियाँ थीं। मेज पर एक केक रखा हुआ जिस पर अंकित था 'थैंक्स मदर'| दोनों बच्चे दादी को भी यह कहते हुए पकड़ कर ले आये कि दादीमाँ के आने पर ही मम्मा केक काटेगी | अपने प्रति बच्चों का ये स्नेह-आदर देखकर रिदिमा तो जैसे बलिहारी हुई जा रही थी | लगता था बच्चों ने आयोजन में कुछ भी कमी न रखने की कसम खाई थी, क्योंकि ग्रीटिंग कार्ड देने और केक काटने पर ही इस कार्यक्रम की इतिश्री नहीं हुई, बल्कि इसके बाद एक बड़ा सा गिफ्ट पैक भी बच्चों ने रिदिमा को दिया | खोलकर देखा तो पाया कि कार्डबोर्ड और थर्मोकोल की मदद से बनाया हुआ एक बहुत बड़ा सा प्यारा सा घर था उसमें। "अरे बच्चों, इतनी मेहनत क्यों की तुम लोगों ने । इतना बड़ा घर बनाने की क्या जरूरत थी?" सुनते ही बड़ी निश्छलता से बोल उठे बच्चे- " मम्मा, हमने ये बड़ा सा घर इसलिए बनाया है ताकि जब हम बड़े हों और आप बूढ़ी हो जाए तो आपको दादी माँ की तरह स्टोर में न रहना पड़े, बल्कि आपके लिए भी तब एक अच्छा सा कमरा हो इस बड़े घर में |" सुनकर सन्न रह गई रिदिमा | बच्चे बड़ों का व्यवहार देखते

ही नहीं, उसका सूक्ष्म निरीक्षण भी करते हैं, ये तो सोचा ही नहीं उसने।यही व्यवहार तो संस्कार के रूप में बच्चों के मन में दृढ़ हो जाता है | यदि वो किसी का कल है तो उसका कल यानि भविष्य भी उसके बच्चों के रूप में उसके सामने खड़ा है | उसके मन पर पड़ी धूल को बच्चों के निश्छल उपहार ने जैसे एक ही पल में साफ कर दिया। थोड़ी ही देर बाद शिवम ने देखा कि रिदिमा माँ की चारपाई बच्चों के कमरे में लाती हुई कह रही थी- ”माँ, आज से आप यही सोएंगी बच्चों के साथ। वहाँ आपको गर्मी लगती होगी। आपके साथ रहकर ही बच्चे अच्छी बातें और अच्छे संस्कार भी सीख पाएंगे |” शिवम को लग रहा था, जैसे अप्रत्यक्ष रूप में सही वो भी मदर्स डे एक छोटा सा गिफ्ट अपनी माँ को दे सका है- उनका सम्मान ,उनका उचित स्थान | आज ‘मदर्स डे’ उसे कुछ-कुछ सार्थक लग रहा था |

9

अरुणोदय

रोज की तरह अलार्म घड़ी की घनघनाहट से सर्वेश बाबू की नींद खुल गई। और कोई दिन होता तो अलार्म की ये आवाज सर्वेश बाबू को खीझ से भर देती, पर आज तो बिस्तर से ऐसे कूद कर उठे वे, जैसे 25 वर्ष के युवा हों। बस, आज ही उन्हें अलार्म की इस बेसुरी आवाज के साथ उठना है, फिर कल से तो आराम ही आराम। इस सोच ने ही दिसम्बर की सर्दी में भी सर्वेश के शरीर में जोश की गर्मी भर दी। पिछले 33 सालों से जिस नौकरी में वे कोल्हू के बैल की तरह जुते हुए थे, आज सेवानिवृत्ति के बाद वे उस गुलामी के जुए को उतार कर फेक सकेंगे- ये सोचते हुए गुनगुनाते हुए नहाने लगे वे। सालों बाद उनकी गुनगुनाहट सुनकर उनकी पत्नी पद्मा भी मुस्करा दी। ऐसे गुनगुनाने की आवाज तो बाथरूम से तब आती थी जब सर्वेश जी ने नई नई नौकरी ज्वाइन की थी 27 साल की उम्र में। मुश्किल से 1100-1200 रु0 सेलरी मिलती थी, लेकिन लगता था इससे दुनिया की हर खुशी खरीदी जा सकती है। शादी के बाद का एक साल बेकार घर में बैठकर अम्मा - बाबूजी के तानों को झेलकर काटने के बाद बिजली विभाग की ये नौकरी किसी वरदान से कम नहीं लगती थी उन्हें। तब वे इसी तरह गुनगुनाते हुए नहाया करते थे। लेकिन धीरे- धीरे उनकी मधुर गुनगुनाहट कब बेसुरी बड़बड़ाहट में बदल गई, पता ही न चला।

शुरुआत में उनकी पोस्टिंग इसी टाउन में थी, इसलिए थकान भी ज्यादा नहीं होती थी। पर पाँच साल बाद जब प्रमोशन के साथ उनका ट्रांसफर शहर में हो गया तो अप- डाउन करना मजबूरी बन गया। एक तो परिवार के साथ शहर में रहना अपेक्षाकृत खर्चीला था, फिर छोटा ही सही, कस्बे में उनका पैतृक मकान था, इसलिए मकान के किराए की बचत भी संभव थी। तब तक उनके दोनों बेटों - रंजन और गुंजन का भी इस संसार में पदार्पण हो चुका था, फलत: 90 किमी दूर शहर के लिए बस से अप-डाउन करना सर्वेश बाबू की नियति बन गई। पहले तो वे अपने स्थानान्तरण के लिए बहुत छटपटाते थे, किन्तु एक और

प्रमोशन हो जाने के बाद,ये भी संभव न रहा क्योंकि उनके कस्बे के ऑफिस में उनकी पोस्ट थी ही नहीं। आज पूरे 22 साल हो गए हैं सर्वेश को नौकरी के साथ अपनी उबाऊ यात्रा का दंश झेलते | पर आज रिटायरमेंट के साथ ही इस नीरस दिनचर्या का पटाक्षेप हो जाएगा- ये सोचकर मुस्करा उठे सर्वेश | पिछले साल के 31 दिसम्बर के बाद से कैसे वे एक-एक दिन गिन रहे हैं, ये उनके सिवा शायद कोई नहीं जानता । आखिर आज उनकी सेवानिवृति का वो चिरप्रतीक्षित दिन आ ही गया था।

ऑफिस के लिए निकले तो लग- रहा था वे चल नहीं रहे हैं, बल्कि हवा में तैर रहे हैं। रोज का लम्बा और उबाऊ प्रतीत होने वाला बस का सफर भी आज वैसा नहीं लग रहा था | रास्ते में लगने वाले जाम से आज उन्हें खीझ नहीं हुई, बल्कि वे तो बस में बैठे हुए और लोगों की परेशानी देखकर मुस्करा रहे थे। बेचारे....... इन्हें तो न जाने कितने दिन इन्हीं स्थितियों-परिस्थितियों को झेलना है। कितने भाग्यशाली हैं वो जो आज इस जंजाल से मुक्त हो जाएंगे- सोचकर गर्व से उनकी गर्दन कुछ और तन गई।

गर्व की ये भावना कुछ और बलवती हो उठी , जब ऑफिस में पहुंचने पर उनके सहकर्मियों द्वारा उनका शानदार स्वागत किया गया। बुके, फूलमालाओं और बधाइयों के बीच रोज लम्बा लगने वाला ऑफिस का समय कैसे बीत गया - पता ही न चला। विदाई समारोह में लगभग सभी ने अपने भाषण में एक बात की प्रसन्नता जरूर व्यक्त की कि सर्वेशजी को नौकरी की व्यस्तता के कारण जिन हॉबीज को, अपनी रुचि के कामों को स्थगित रखना पड़ा था, अब रिटायरमेंट के बाद वे उन्हें समय दे सकेंगे | सर्वेशजी को भी लगा कि पढ़ना और घूमना उनके दो शौक थे लेकिन अप - डाउन के चक्कर में वे अब तक साहित्य की तो बात ही क्या की जाये ,अखबार तक ढंग से नहीं पढ़ पाते थे | विदाई समारोह के बाद उनके काफी सहकर्मी उन्हें घर तक छोड़ने आए। यहाँ भी एक छोटी सी पार्टी का प्रबन्ध था। आज सहयोगियों की बातचीत हँसी- मज़ाक सभी को सर्वेश जी एन्जॉय कर रहे थे। पार्टी खत्म होते-होते साढ़े नौ बजे गए थे, पर आज उन्हें कोई हड़बड़ाहट नहीं थी। पर जब उनसे विदा लेते हुए साथियों ने कहा- "चलिए सर्वेश जी, अब हमें इजाजत दीजिए। आप तो मुक्त हो गए इस नौकरी के जंजाल से, पर हमें तो कल भी ऑफिस जाना है|" ये सुनकर तो उनकी मुक्ति की अनुभूति कुछ और गहरी हो गई |

रात को सोते समय सर्वेश ने मोबाइल में सोमवार से शनिवार तक लगे हुए अलार्म को जानबूझकर ऑफ नहीं किया | वे अलार्म बजने के बाद फिर से सोने का वो सुख महसूस करना चाहते थे, जिससे वे सालों से वंचित रहे थे |

सुबह अलार्म बजा तो उन्होंने बड़ी निश्चिन्तता से उसे ऑफ किया और मुस्करा कर फिर से आँखें बन्द कर लीं। पर उनके इस सुख में जल्दी ही बाधा पड़ गई जब उनकी पत्नी खीझ कर बोली- "जब ऑफिस नहीं जाना, तो अलार्म क्यों नहीं ऑफ करके रखा था | कल तक तो आपको लंच बनाने की मजबूरी में मुझे सुबह उठना ही पड़ता था, पर अब तो नींद डिस्टर्ब न करो मेरी।" उनके मन में निश्चिन्तता के सुख की जगह अपराध-बोध तैरने लगा था। फिर चाहकर भी सो न सके वे । करवटें ही बदलते रहे। जब सुबह की हल्की सी रोशनी कमरे में आने लगी तो उन्होंने हमेशा की तरह पत्नी को चाय बनाने के लिए आवाज दी, पर उत्तर मिला- "अब आप खुद ही बना लीजिए न चाय | अब कौन सा आपको ऑफिस जाना है, जो सुबह-सवेरे मुझे परेशान कर रहे हो।" सुनकर न जाने क्यों उनके दिल में कुछ दरक सा गया था।

अनभ्यस्त हाथों से चाय बनाई, मज़ेदार तो नहीं बनी, पर चाय की चुस्कियों के बीच आराम से न्यूज़पेपर पढ़ने की कल्पना ने उनमें जोश भर दिया | आरामकुर्सी पर बैठकर उन्होंने समाचार पढ़ना शुरु ही किया था कि उनका बेटा रंजन आकर बोला-"बाबूजी, जरा न्यूजपेपर मुझे दे दीजिए।" प्रश्नवाचक निगाहों से उसकी तरफ देखा तो कैफियत सी देता बोला वो-, "अब तो दिनभर समाचार पढ़कर ही आपको समय काटना है, पर मुझे तो समय पर ऑफिस पहुँचना है। तो पहले मैं पढ़ लेता हूँ, फिर आप बाद में आराम से पढ़ते रहिये |"

न्यूजपेपर का इन्तजार करते- करते कब आँख लग गई, पता ही न चला। आँख खुली तो देखा साढ़े सात बज गए थे। चाय की तलब फिर सर उठाने लगी थी कि अचानक दो लोगों की तेज बातचीत की आवाज ने उनका ध्यान खींच लिया | सुना तो पता लगा कि बहू शायद रंजन से रोज की तरह ऑफिस से वापिस आते समय सब्जी लाने के लिए कह रही थी और रंजन कह रहा था -"अरे, बाबूजी से कहो न | अब कौन सा उन्हें ऑफिस जाना है? घर में बैठे बैठे बोर ही तो होंगे, तो सब्जी ही ले आएंगे। चलते-फिरते रहना चाहिए बाबूजी को वरना ज़ंग लग जाएगी हाथ- पैरो में।" उनके अन्दर फिर कुछ चटक सा गया था। सब्जी लाना कोई बड़ी बात न थी, पर उसके साथ जुड़ी हुई नसीहत उन्हें रास नहीं आ रही थी। जीवन भर अपने शरीर के कलपुर्जो को जब वे बिना आयलिंग, बिना ओवरहॉलिंग के चलाए जा रहे थे, तो किसी को परवाह न थी, पर अब रिटायरमेंट के

बाद उनके हाथ-पैरों में जंग लग जाने की चिन्ता सताना उन्हें चोट सी पहुँचा रहा था।

नहाकर बड़े आराम से पूजा की उन्होंने, वरना अब तक तो भागदौड़ में उनकी भगवान जी से जैसे बस 'हाय, हैलो' ही हो पाती थी। पूजा करने के बाद टी.वी. पर अपना प्रिय न्यूज चैनल लगाकर वे आनंद लेने लगे। अभी लगभग एक घण्टा ही बीता था कि बहू को बैचेनी से चहलकदमी करते देख उन्हें कुछ आश्चर्य सा हुआ। शायद चाय पीने के लिए पूछना चाह रही है बहू, ये सोचकर खुद ही कह दिया- "बहू, मैं अब चाय नहीं पीऊँगा ,सीधे खाना ही खाऊंगा।" पर बहू की अनमनी सी 'हूँ' सुनकर लगा कि शायद उसकी बेचैनी का कारण ये नहीं था। थोड़ी देर बाद बच्चे स्कूल से आ गए। खाना खाकर थोड़ी देर तक तो उसे टी. वी देखता देखकर चुप रहे, लेकिन पर फिर अचानक ही बोल उठे -" दादाजी, अब यदि आप दिन भर टी.वी. पर न्यूज़ देखोगे तो हम अपना कार्टून चैनल कब देखेंगे ?" अब उन्हें बहू की बचैनी का कारण भी कुछ-कुछ समझ में आने लगा था | जिस बात को बच्चों ने बड़ी मासूमियत से कह दिया था वह बहू नहीं कह पाई थी। शायद वो अपना प्रिय सीरियल देखना चाह रही थी | अपनी गलती सुधारकर बच्चों को रिमोट देकर वे अपने कमरे में आ गए । उन्हें लग रहा कि अब उनके दिनभर घर में रहने से घरवालों की दिनचर्या में व्यवधान आ गया है। रिटायरमेंट के बाद फुरसत के पल पाने का जो जोश उफान पर था उस पर परिस्थितियाँ और माहौल जैसे छींटे मार रहे थे |

कुछ दिन बाद एक शाम छोटे बेटे गुंजन का फोन आया कि बाबूजी के रिटायरमेंट के समय तो छुट्टी न मिल पाने के कारण वो नहीं आ पाया, पर अब सपरिवार बच्चों को दादाजी से मिलवाने के लिए ला रहा है | सुनकर मन खुश हो गया सर्वेश का | अब वो अपने पोते-पोतियों के साथ जी भर कर खेल सकेंगे । अब तक तो नौकरी की भागदौड़ के कारण वे इस सुख से वंचित रहे हैं, पर अब तो ऐसा नहीं है।

अगले दिन जब गुंजन ने आकर उनके पैर छुए तो सर पर हाथ फेरते हुए उनका गला भर आया। वे बच्चों के सर पर भी हाथ फेरना चाहते थे लेकिन सर झटकते हुए बड़ी बेतकल्लुफी से बोले बीटू- नीटू - "हाय ग्रेन्ड पा ! बिल्कुल फ्री ! हाउ आर यू फीलिंग नाउ ।" कहते हुए उसके जबाव का इन्तजार किए बिना विभु और शानू के साथ अन्दर चले गए। शाम तक जब बच्चे उनके पास नहीं आए, तो वे खुद बच्चों के कमरे में उनके पास जाकर बैठ गए। बीटू और विभु तो कम्प्यूटर पर कार रेसिंग गेम खेल रहे थे और शानू और नीटू मोबाइल हाथ में

लिए उसपर गेम खेलने में व्यस्त थे। सर्वेश बड़े उत्साह से बच्चों से उनकी पढ़ाई-लिखाई, उनके दोस्तों के बारे में बात करने लगे। पर बच्चों की ओर से 'हाँ हूँ' जैसे संक्षिप्त उत्तर पाकर उन्हें लगा कि बच्चे उनसे बातचीत करने के इच्छुक नहीं हैं। अचानक गेम में बीटू की कार टकरा कर पलट गई और विभु हंसने लगा तो बीटू नाराज होकर बोला-" ग्रेंड पा की वजह से मैं हार गया, यदि ग्रैंड पा बार-बार डिस्टर्ब नहीं करते तो मैं पक्का जीत जाता।" कहकर बीटू पैर पटकता हुआ कमरे से बाहर चला गया और पीछे-पीछे सर्वेश भी गुमसुम धीरे-धीरे बाहर निकल आए।

घर में सभी कहीं न कहीं व्यस्त थे, ऐसे में मन बहलाने के लिए पार्क में टहलना ही उन्हें बेहतर विकल्प लगा। लगभग दो घंटे बाद जब वे लौट कर घर आए तो डाइनिंग टेबल वाले कमरे से आती ठहाकों की आवाज से आकर्षित होकर उसी ओर बढ़ लिए। पर उन्हें देखकर अचकचाकर अचानक सभी चुप हो गए। इसके बाद फिर बातें तो होने लगीं, पर वातावरण में इतनी औपचारिकता आ गई थी, जिसमें ठहाकों की तो बात ही क्या, हँसी की भी गुंजाइश नहीं थी। थोड़ी देर वहाँ रुककर फिर अपने कमरे में वापिस आ गए सर्वेश। दूसरे कमरे से हँसी मजाक की आवाजें फिर सुनाई देने लगी थीं।

सर्वेश बाबू ने रात को खाने के बाद लाड़ से पोते-पोतियों को अपने कमरे में बुलाया और कहानी सुनाने का प्रस्ताव रखा। कहानियों के माध्यम से वे बच्चों के करीब आना चाहते थे, उनके साथ समय बिताना चाहते थे। पर सिण्ड्रेला, रपेन्जिल और स्नो व्हाइट जैसी कहानियों की तो बात ही क्या कहें, भगवान राम और कृष्ण की कहानियाँ भी बच्चे टी.वी. पर या इंटरनेट पर देख चुके थे, इसलिए उन्हें इसमें इन्टरेस्ट न था।

थककर अपने कमरे में जाकर लाइट बन्द करते हुए सोचा उन्होंने कि आज टेक्नॉलाजी के इस युग में नई पीढ़ी पुरानी पीढ़ी से इतनी आगे निकल गई है कि साथ चलने का तो सवाल ही नहीं, वो तो इतनी पीछे छूट गई है जहाँ से नई जेनरेशन का नज़र आना भी मुश्किल है।

सुबह उठे तो सर भारी सा लग रहा था लेकिन परिवार के लोगों को स्पेस और प्रायवेसी देने के लिए सर्वेश बाबू सब्जी का थैला लेकर बाजार की ओर निकल पड़े। आज रविवार था इसलिए रास्ते में बड़ी भीड़भाड़ थी कि अचानक बद्रीप्रसाद जी मिल गए। सर्वेश से चार पाँच साल सीनियर थे बद्रीप्रसाद जी। जाहिर है, रिटायर हो चुके थे। इतने दिनों बाद किसी सहकर्मी से मिलकर सर्वेश

जी का खुश होना स्वाभाविक ही था । दोनों पास ही के रेस्टोरेंट में चाय पीने लगे। बद्रीप्रसाद जी को कुछ खोया- खोया सा देखकर सर्वेश ने कारण पूछा तो बद्रीप्रसाद जी बोले-" सर्वेश जी एक संस्था है 'जागृति' जो अनाथ और निराश्रित बच्चों को न सिर्फ सहारा देती है बल्कि कचरा बीनने वाले, जूते पॉलिश करने वाले, ढाबे में काम करने वाले- गरीब बच्चों की पढ़ने -लिखने की व्यवस्था भी करती है। रिटायर्ड होने के बाद मैं वहीं चला जाता था और उनके एकाउंट्स वगैरह मैनेज करने के साथ उन गरीब बच्चों को पढ़ा भी दिया करता था । समाजसेवा तो थी ही, लेकिन उन बच्चों से ऐसा लगाव हो गया था कि आज उनसे विदा लेकर मन भारी हो गया। दरअसल मेरे बेटे का ट्रांसफर बरेली हो गया है और मुझे उसके साथ जाना है। बच्चे भी इतना घुल मिल गए थे कि लगता था जैसे मेरे परिवार के ही सदस्य हों , आज मुझे विदा करते समय सभी इतना भावुक थे कि बार-बार उनका चेहरा आँखों के सामने आ रहा है | कैसे कभी- कभी पराये भी कितने अपने हो जाते हैं |" बद्रीप्रसाद जी की बात सुनकर सर्वेश भी विचारमग्न हो गए लेकिन कुछ ही क्षणों बाद बोले - "बद्रीप्रसाद जी, आप वहाँ मेरा परिचय कराइए। मैं अब वहाँ सेवाएं देना चाहता हूँ। अब तक तो सिर्फ अपने और परिवार के लिए जीता रहा | पर अब लगता है परिवार को मेरी जरूरत नहीं। लेकिन अब इन वंचितों और जरूरतमंदों लिए कुछ करके आत्मसंतोष पा सकूँगा।" "अरे वाह ! नेकी और पूछ पूछ " बड़े ही उत्साह से बोले बद्रीप्रसाद | " चलिए आज ही आपकी वहाँ मुलाकात करा देता हूँ ।"

संस्था के संस्थापक नेहवाल जी ने बड़ी गर्मजोशी से उनका स्वागत किया और धन्यवाद देते हुए बोले-" आप जैसे लोगों की तो हमारी संस्था को सख्त जरूरत है। आइये, आपको अपने बच्चों से मिलवाता हूँ । फटे- पुराने किन्तु साफ- सुथरे कपड़े पहने बच्चों से मिलकर सर्वेश जी बहुत खुश थे। बच्चों की फरमाइश पर वे उन्हें सिण्ड्रेला की कहानी सुनाने लगे। ये कहानी सुनने से उनके पोते-पोतियों ने भले ही इन्कार कर दिया था, पर उसी कहानी को सुनते हुए उन वञ्चित बच्चों के मुँह पर उत्साह और आनंद की जिस आभा के उन्हें दर्शन हुए, उससे लगा जैसे उनके जीवन की सन्ध्या में अरुणोदय हो रहा है। इसका प्रकाश उनकी अन्तरात्मा तक पहुँचकर उन्हें प्रकाशित कर रहा था। वे आज खुश थे वाकई बहुत खुश |

∞

10

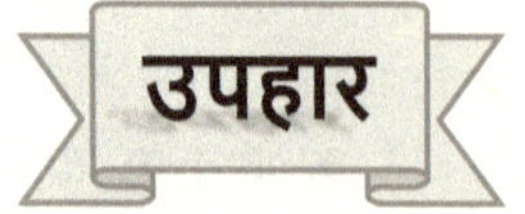

जन्मदिन मनाए जाने को लेकर चन्द्रिका के मन में इतना प्रबल आकर्षण क्यों है ? कहा नहीं जा सकता। बल्कि आकर्षण तो छोटा शब्द है, उसकी भावना को तीव्र अभिलाषा या लालसा का नाम देना ज्यादा उचित होगा । बचपन से ही जब वो अपने बड़े भाई को उनके जन्मदिन पर नए- नए कपड़े पहनकर एक विशेष गर्व के साथ राजकुमारों की तरह घूमते देखती, तो उसे भी लगता कि इसी तरह उसका भी जन्मदिन मनाया जाए। एक दिन के लिए ही सही, वो भी इसी तरह गर्व से सिर उठाए राजकुमारी की तरह घूमे, सबके लाड़ का, दुलार का और सबके आकर्षण का पात्र बने। पर जब भी वो अपनी ये इच्छा प्रकट करती, दादी उसे बुरी तरह डांट देती - "हमारे परिवार में लड़कियों का जनमदिन न मनाया जावे, अशुभ होवे है।" लड़कों का जन्मदिन मनाया जाना शुभ और लड़कियों का जन्मदिन मनाया जाना अशुभ कैसे ? इसका रहस्योद्घाटन भी तब हुआ जब उसके आठवें जन्मदिन पर ये बताया गया कि शादी के पाँच साल उसकी दादी की पहली संतान लड़की हुई थी। यूं तो उनके गाँव में लड़की को उस खरपतवार की तरह माना जाता है, जो अनचाहे ही खेतों में यूं ही पैदा हो जाती है, लेकिन चूंकि दादी की संतान एक लम्बी प्रतीक्षा बाद इस संसार में आई थी, इसलिए लड़की होने के बावजूद उसके जन्मपर खुशियाँ मनाई गई। एक साल की होने पर गाँववालों के विशेष अनुरोध पर बड़ी धूमधाम से उस बच्ची का जन्मदिन मनाने का निश्चय किया गया। हाँलाकि दो दिन से उस बच्ची की तबियत खराब थी, पर चूंकि गाँव में ही नहीं, आसपास के गाँव में भी निमन्त्रण दिया जा चुका था, इसलिए बड़ी धूमधाम से दावत हुई । अभी जन्मदिन- समारोह चल ही रहा था कि बच्ची की तबियत ज्यादा बिगड़ने लगी और हॉस्पीटल ले जाने से पहले ही उसने दम तोड़ दिया। सारी खुशी मातम में बदल गई । बस, तभी से उनके परिवार में लड़कियों का जन्म दिन मनाया जाना अशुभ माना जाता है।अब चन्द्रिका चाहे कितना भी रोए, कितनी भी जिद करे, उसका जन्मदिन नहीं मनाया जाएगा, तो

नहीं मनाया जाएगा। जब अपने जन्मदिन की दावत के दूसरे दिन भैया उन रुपयों को गिनते, जो लोगों ने तिलक लगाकर उन्हें उपहार स्वरूप दिए होते थे, तब तो उनकी आँखों में तिरता गर्व उसे झुंझलाहट के साथ- साथ हीनभावना से भर देता था।

छठवीं कक्षा के बाद उसकी बुद्धिमता को देखते हुए उसके गाँव के मास्टरजी की सलाह पर जब उसे आगे की पढ़ाई के लिए चाचा-चाची के पास शहर भेजा गया, तो उसे थोड़ी सी आशा हुई कि शायद शहर में चाचाजी और चाचीजी उसको जन्मदिन मनाने से मना न करें। अभी शहर में उसके एडमीशन की प्रक्रिया चल ही रही थी कि 18 जून को उसके चचेरे भाई अवनीश का जन्मदिन आया। शहर में जन्मदिन मनाने का तरीका गाँव से कुछ अलग था। चाचा-चाची ने केक तो नहीं कटवाया भैया से, क्योंकि दादा-दादी केक काटने सख्त खिलाफ थे, पर शाम को बर्थडे पार्टी जरूर हुई, जो गाँव की जन्मदिन की दावत से काफी अलग थी। जहाँ गाँव में सभी आमंत्रित लोग भैया को टीका करके उन्हें रुपये देते थे उपहार स्वरूप, वहीं यहाँ सारे मेहमान चमकदार पैकिंग में लपेटे हुए गिफ्ट लेकर आ रहे थे, जो चन्द्रिका के मन में कहीं ज़्यादा उत्सुकता जगा रहे थे । यहीं उसका परिचय तनु से हुआ जो उसके चाचाजी की कॉलोनी में ही रहती थी और उसी स्कूल और उसी क्लास में पढ़ती थी, जिसमें चन्द्रिका का एडमीशन हो रहा था। चन्द्रिका और तनु की फिर तो बड़ी अच्छी दोस्ती हो गई। स्कूल में तनु ने ही उसे विधि से मिलाया | जल्दी ही विधि भी उसकी अच्छी सहेली बन गई | शुरु-शुरु में ग्रामीण पृष्ठभूमि से आने के कारण चन्द्रिका संकोच में रहती थी। लेकिन तनु और विधि की दोस्ती ने उसे शहर के तौर-तरीकों में ढलने में काफी मदद की और नौवीं क्लास तक आते-आते तो हुआ ये कि चन्द्रिका को न सिर्फ क्लास में फर्स्ट आने के लिए प्राइज मिला बल्कि बेस्ट यूनीफार्म के लिए प्राइज भी उसी ने जीता।

लेकिन इन सब उपलब्धियों के बावजूद उसके चचेरे भाइयों की तरह उसका जन्मदिन कभी नहीं मनाया गया। "मेरी सहेलियां भी तो लड़कियाँ ही हैं, लेकिन उनका बर्थडे तो बहुत अच्छी तरह सेलिब्रेट किया जाता है, फिर मेरा बर्थडे क्यों नहीं?" वो हमेशा चाची से पूछती, लेकिन चाची हमेशा ही उसे दादी का डर दिखाकर चुप कर देतीं । उसे याद है कि बी.काम. सेकंड ईयर की ही बात है कि 12 फरवरी को जब वह कॉलेज पहुँची तो उसका जन्मदिन होने के बावजूद मूड बहुत ऑफ था। जब विधि और तनु ने उसे बर्थडे विश किया तो उसके आँसू रुक न सके। घर में उसका जन्मदिन आज भी सेलिब्रेट न किए

जाने को लेकर वो बहुत अपसेट थी | विधि ने उसे समझाते हुए कहा-" क्या हुआ, यदि यहाँ कोई तेरा बर्थडे नहीं मनाता, जल्दी ही तुझे कोई ऐसा मिलेगा, जिसके लिए तेरा जन्मदिन साल का सबसे महत्त्वपूर्ण दिन होगा।" उसका इशारा समझकर चन्द्रिका की आँखों में सतरंगी सपने तैरने लगे, यही तो उम्र होती है सपने संजोने की। तभी विधि बोली-" ये देख मेरा ब्रेसलेट, मालूम है किसने दिया है ?" तनु और चन्द्रिका के नकारात्मक ढंग से सर हिलाने पर उसने फुसफुसाते हुए रहस्योद्घाटन किया-"ये मुझे सुदीप ने गिफ्ट किया है मेरे बर्थडे पर |" "सुदीप ने ? लेकिन क्यों ?" दोनों ने चौंककर पूछा, तो उसने बताया विधि ने कि सुदीप ने उसे प्रपोज किया है। कुछ दिनों से तनु और चन्द्रिका विधि में कछ बदलाव तो नोटिस कर रहीं थीं, लेकिन उस बदलाव का कारण अब समझ में आया उन्हें । फिर तो विधि जब भी मिलती एक न एक कीमती और आकर्षक गिफ्ट उसके पास होती जो सुदीप ने न जाने किस-किस उपलक्ष्य में उसे दिए होते। कभी उस दिन की याद में जब उसने विधि को पहली बार देखा था , कभी उस दिन की याद में जब वो और विधि पहली बार मिले थे। हर महीने की उस डेट को वो गिफ्ट देकर सेलिब्रेट करता जिस दिन विधि ने उसका प्रपोजल स्वीकार किया था। लगता था उसे तो बस सेलिब्रेट करने का, विधि को गिफ्ट देने और उसे खुश करने का बहाना चाहिए होता था |

अभी तो फ्रेण्ड सर्किल में सुदीप के गिफ्ट ही चर्चा के विषय थे कि फाइनल इयर में तनु की सगाई हो गई। लड़का चूंकि मल्टीनेशनल कम्पनी में था इसलिए विदेश जाना भी होता था। फिर क्या था, अब कॉलेज में विधि के गिफ्ट्स की चर्चा की जगह ले ली थी तनु के इम्पोर्टेड गिफ्ट्स ने - कभी विदेशी परफ्यूम तो कभी विदेशी रिस्ट वॉच- सबके आकर्षण का केंद्र बन गए थे। चन्द्रिका को तनु और विधि के भाग्य से कभी-कभी रश्क होता था | कितनी भाग्यशाली हैं दोनों ही, कि जहाँ उनके मम्मी-पापा उनका बर्थडे बड़ी ही अच्छी तरह सेलिब्रेट करते हैं, वहीं उन्हें पार्टनर के रूप में जो लड़के मिले हैं, वे भी तरह-तरह के गिफ्ट देकर उन्हें खुश करना चाहते हैं | चन्द्रिका जैसी लड़की के लिए, जिसे आज तक कभी कोई गिफ्ट नहीं दिया गया था ,ये वाकई ईर्ष्या की बात हो सकती थी |

एग्जाम खत्म होते ही बड़ी ही धूमधाम से तनु की शादी हो गई। हाँ, विधि को कोर्ट मैरिज करनी पड़ी क्योंकि विधि और सुदीप दोनों के परिवारवाले उनकी शादी के लिए तैयार न थे | शादी के बाद जब वे दोनों चन्द्रिका से मिलने उसके घर आईं, तो उनकी चर्चा का विषय उनकी हनीमून ट्रिप ही थी। तनु जहाँ मॉरीशस घूमने गई थी, वहीं विधि गोवा घूमकर लौटी थी । चन्द्रिका को तो दोनों

के फोटोग्राफ्स बहुत अच्छे लगे, पर ये जरूर महसूस हुआ कि शादी के बाद तनु और विधि में कुछ कम्पीटिशन की भावना आ गई थी | दोनों ही अपने ट्रिप को दूसरे के ट्रिप से बेहतर सिद्ध करने की कोशिश जो कर रहीं थीं । उन दोनों के लिए चाय लेने के लिए जब किचेन में गई चन्द्रिका तो उसने चाची को माँ से कहते हुए सुना- "भाभी, लड़का बहुत ही संस्कारी है, रेलवे में कमर्शियल इन्स्पेक्टर है। तुम्हारे देवर तो उसे देखते ही मुग्ध हो गये| उसके पिता सर्विस के दौरान ही नहीं रहे थे , इसलिए पिता की जगह क्लर्क की नौकरी मिली थी | पर अब डिपार्टमेंटल एग्जाम पास कर इन्स्पेक्टर बन गया है। लड़का बड़ा ही होनहार है। नाम भी सुनो भाभी 'चन्द्रेश' जैसे अपनी चन्द्रिका के लिए ही बना हो।" सुनकर चन्द्रिका के मन में गुदगुदी सी होने लगी | मन कल्पनाओं के संसार में विचरण करने लगा।

शादी की बातचीत चली और दोनों परिवारों की सहमति से 28 जनवरी को दोनों की सगाई हो गई। इसके कुछ दिन बाद ही आई 12 फरवरी - चन्द्रिका का जन्मदिन | रात 12 बजे से ही चन्द्रिका के कान मोबाइल की रिंगटोन सुनने को आतुर थे। शायद सबसे पहले चन्द्रेश ही विश करें उसे जन्मदिन । हाँलाकि सगाई के दिन को छोड़कर अब तक उन दोनों में कोई बातचीत नहीं हुई थी , पर चन्द्रिका को विश्वास था कि   किसी न किसी तरह चन्द्रेश ने उसकी बर्थ-डेट जरूर पता कर ली होगी और आज वे उसे विश जरूर करेंगे। तनु और विधि की तरह आज उसे भी कोई गिफ्ट मिलेगा, प्यारा सा । लेकिन गिफ्ट की बात तो दूर, जब रात 1 बजे तक भी चन्द्रेश का कोई कॉल भी नहीं आया तो वो अपने कमरे में आकर फूट-फूट कर रो पड़ी। उसकी कल्पनाओं का महल चूर-चूर जो हो गया था। उसने खुद को किसी तरह समझाया कि शायद चन्द्रेश को उसका बर्थडेट पता ही नहीं होगी, तभी उन्होंने उसे विश नहीं किया । लेकिन जब शादी बाद उसका बर्थ- डे आया तो चन्द्रेश के द्वारा विश किए जाने और कोई प्यारा सा गिफ्ट पाने की इच्छा उसने ज़रूर की थी। पर ये क्या ? चन्द्रेश तो रोज़ की तरह ऑफिस निकल गए बिना बर्थडे विश किए। शायद उसे कोई सरप्राइज देना चाहते होंगे चन्द्रेश- ये सोचकर दिनभर खुद को समझाती रही चन्द्रिका | शाम को उसकी ननद और देवर ने केक मंगवा लिया उसके बर्थडे के लिए । माँजी यानि सासूमां ने भी स्पेशल खाना तैयार किया, लेकिन चन्द्रेश का इन्तजार करते-करते 10 बज गए और वो नहीं आया, तो केक काटना ही पड़ा | आज जीवन में पहली बार उसका बर्थडे मनाया तो गया ,पर एक अधूरापन चन्द्रिका को सालता रहा।

कुछ समय बाद जब तनु और विधि से मुलाकात हुई तो स्वाभाविक रूप से उन्होंने उससे बर्थडे गिफ्ट के बारे में पूछा। जैसे कटकर रह गई चन्द्रिका | बहाना बनाना चाहा उसने, लेकिन सच बात खुल ही गयी कि शादी के बाद भी बर्थडे पर चन्द्रेश ने उसे कोई गिफ्ट नहीं दिया। तनु और विधि ने काफी आलोचना की इस बात पर चन्द्रेश की और तनु ने तो मजाक में यहाँ तक कह दिया -" चन्द्रिका, ध्यान रखना, ऐसा न हो चन्द्रेश का कहीं और चक्कर चल रहा हो।" चन्द्रिका ने ऐसी किसी शंका को अपने मन में जगह नहीं दी | वो ये तो जानती थी चन्द्रेश ऐसा कुछ नहीं कर सकते | लेकिन जब अगले बर्थडे पर भी इसकी पुनरावृत्ति हुई तो चन्द्रिका के धैर्य की बाँध जैसे भरभरा कर टूट गया। चन्द्रेश के ऑफिस से लौटने के बाद चन्द्रिका ने बर्थ डे याद न रखने के लिए उन्हें काफी बातें सुनाई। शादी के बाद दो साल में ऐसा पहली बार हुआ था जब चन्द्रिका इतनी ऊँची आवाज में बात कर रही थी। शायद बरसों से संजोए सपने टूटने से उपजी निराशा और हताशा विस्फोटक हो गई थी । उसने तो यहाँ तक कह दिया कि ग्रामीण पृष्ठभूमि के कारण वे उसे अपने लायक नहीं समझते और उनके मन में चन्द्रिका के प्रति कोई भावनाएं ही नहीं हैं| चन्द्रेश ने उसे लाख समझाया कि उपहार ही प्यार का प्रतीक नहीं होते। ये सिर्फ दिखावा होते हैं, सच्चा प्यार तो दिल में होता है, जिसे सिर्फ महसूस किया जा सकता है और फिर ऐसे चोंचलों पर उनका विश्वास नहीं है। फिर क्या था 'दिखावा' और 'चोंचले' जैसी बात पर तो चन्द्रिका इतनी नाराज हुई कि तीन दिन तक उनमें कोई बात ही नही हुई |

माँजी यानि उसकी सास ने पहली बार, बहू और बेटे के बीच तल्खी महसूस की और मूड चेंज करने लिए उसे मायके हो आने की सलाह दी | खुद चन्द्रिका भी कुछ बदलाव चाहती थी इसलिए चाचा के घर आ गई। चाची से बातचीत में पता चला कि लगभग दो महीने से तनु अपने मायके आई हुई है। चन्द्रिका को लगा कि 'चलो तनु से मिलकर कुछ एकरसता तो दूर होगी' लिहाजा वो उससे मिलने चली गई। उसके घर जाकर देखा तो उसे लगा कि जैसे वो किसी दूसरी ही तनु से मिल रही है- फीका, निस्तेज, उतरा हुआ चेहरा, रोई-रोई सी आँखें | गले मिलकर रो पड़ी तनु-" चन्द्रिका, संचित ने मेरे साथ धोखा किया। उसका ऑफिस सेक्रेटरी के साथ अफेयर चल रहा है।" पूरी कहानी सुनाते-सुनाते कई बार रोई तनु | छले जाने का दर्द उसकी आँखों से छलक रहा था। चन्द्रिका समझ ही नहीं सकी कि कैसे सांत्वना दे वो तनु को ? किसी भी नारी के लिए इससे बड़ा दर्द क्या हो सकता है ? उसे तीन दिन पहले कही हुई चन्द्रेश की

बात याद आ रही थी कि उपहार, प्यार का प्रतीक नहीं हो सकते। सचमुच कभी संचित से मिलने वाले विदेशी उपहारों के कारण उसे तनु से ईर्ष्या होती थी पर आज उसे उस पर वाकई बहुत तरस आ रहा था।

इस बात का पूरा एक साल हो गया, और आज फिर उसका जन्मदिन आ गया। पर आज तक वो चन्द्रेश से पिछले बर्थ डे पर किए गए अपने व्यवहार के लिए माफी नहीं माँग सकी | न जाने क्या है ? जो उसे रोक लेता है। वो ये सोच ही रही थी कि मोबाइल की घंटी बजी। विधि का फोन था | बर्थडे विश करने के लिए फोन किया होगा विधि ने, ये सोचकर चन्द्रिका ने बड़े उत्साह से फोन उठाया, तो दूसरी ओर से विधि की बड़ी डूबी हुई सी आवाज आई- "चन्द्रिका, क्या तुम मुझसे 11 बजे सिटी कॉफी हाउस में मिल सकती हो ? बहुत जरूरी काम है, प्लीज।" न जन्मदिन की शुभकामनाएं, न कोई और बात- सीधे कॉफी हाउस में मिलने की इच्छा- कहीं ऐसा तो नहीं विधि ने वहाँ कोई सरप्राइज प्लान किया हो । सोचकर चन्द्रेश को ऑफिस भेजकर माँजी से परमीशन लेकर चन्द्रिका कॉफी हाउस पहुँच गई। विधि पहले ही वहाँ बैठी हुई थी। बहुत टेंशन में लग रही थी वो- यहाँ तक कि वो ये भी भूल गई थी कि आज चन्द्रिका का बर्थडे है। उससे मिलते ही बोली विधि-" चन्द्रिका,मैं सुदीप का घर छोड़ आई हूँ। शादी से पहले तो कैसे-कैसे सब्जबाग दिखाए उसने | कहता था कि वो कोई भी नौकरी कर लेगा, पर मुझे खुश रखेगा | यहाँ तक कि उसने घर वालों के विरुद्ध जाकर मुझसे कोर्टमैरिज तक कर ली। पर जब उसे कोई ढंग की नौकरी नहीं मिली और उसके पापा ने उसे बिजनेस और प्रॉपर्टी से बेदखल करने की धमकी दी, तो चुपचाप मुझे लेकर अपने घर पहुँच गया। उसके परिवार वालों ने कभी मुझे अपने घर की बहू स्वीकार ही नहीं किया । साल भर से उनके ताने सह रही हूँ मैं, लेकिन अब तो सुदीप भी उनकी बातों में आकर मुझसे तलाक लेकर दूसरी शादी करना चाहता है। मेरे घरवाले अब तक मुझसे नाराज हैं, इसलिए मैं होटल में रह रही हूँ। क्या तुम मेरी कुछ फाइनेन्शियल हेल्प कर सकती हो ?"चन्द्रिका ने पर्स से निकालकर पाँच हजार रुपये विधि को थमाए और कॉफी हाउस से निकलकर आ गई | शादी से पहले इतना प्रेम-प्रदर्शन करने वाला व्यक्ति सिर्फ तीन-चार साल में इतना बदल सकता है, वो भी अपने स्वार्थ की खातिर ? वो जैसे विश्वास ही नहीं कर पा रही थी। मन में इतना अंतर्द्वन्द चल रहा था, मस्तिष्क में विचारों के ऐसे बवंडर उठ रहे थे, कि तेजी से मोड़ पर आती हुई कार को न देख सकी और ड्राइवर के ब्रेक लगाते-लगाते उससे टकरा गई। फिर क्या हुआ ? उसे पता नहीं | | जब होश आया, तो खुद को हॉस्पीटल में पाया | माँजी,

माँ चाची और चंद्रेश- सब उसके बेड के चारों ओर खड़े थे। उसे होश में आया देख सभी लोग कुछ आश्वस्त हुए। माँजी और माँ ने उसके सिर पर हाथ फेरा और सभी रूम से बाहर निकल गए। चन्द्रेश की डबडबाई आँखें देखकर चन्द्रिका की आँखें भी भर आईं। कुछ देर तो दोनों ही कुछ बोल नहीं सके। फिर चन्द्रेश उसका हाथ अपने हाथ में लेकर बोले- "चन्द्रिका, तुमने तो मेरी जान ही निकाल दी थी। तुम 40 मिनट बेहोश क्या हुई कि मुझे लगा जैसे मेरी दुनिया ही उजड़ गई हो। तुम्हें खो देने के डर ने जैसे मुझे आईना दिखा दिया। मुझे समझ आया कि शादी के बाद इन सालों में तुमने मेरे और मेरे परिवार के लिए क्या नहीं किया- एक आदर्श बहू की तरह, लेकिन मैंने तुम्हारे साथ क्या किया ? कभी तुम्हारी इच्छाओं को, तुम्हारी भावनाओं को समझने की कोशिश ही नहीं की। तुम्हें तो मालूम ही है कि मुझे बाबूजी के देहान्त के बाद उनकी जगह पर सर्विस मिली थी। इसलिए ये बात मुझे हमेशा सालती रहती थी कि ये नौकरी योग्यता का नहीं ,अनुकम्पा का नतीजा है , इसलिए जहाँ एक तरफ बाबूजी के दायित्वों को पूरा करने का प्रेशर था मुझ पर, वहीं दूसरी ओर खुद की योग्यता सिद्ध करने का भी। इसलिए लगातार कोशिश करके , विभागीय परीक्षा देकर मैंने इन्सपेक्टर की पोस्ट तो पा ली। लेकिन अब मैं अगला प्रमोशन पाकर खुद को सिद्ध करना चाहता था। अपने दायित्वों को पूरा करने और अपनी योग्यता सिद्ध करने की रौ में मैं इतना वह गया, कि भूल गया गया कि शादी के बाद तुम्हें खुश रखना भी मेरा दायित्व है और खुद को अच्छा पार्टनर सिद्ध करना मेरा कर्त्तव्य। जीवनसाथी से प्रेम करने के साथ समय-समय पर उसे प्रदर्शित भी करना चाहिए, मैं ये भूल ही गया था। इतना आत्मकेन्द्रित हो गया था मैं, कि तुम्हारी छोटी-छोटी इच्छाओं,अपेक्षाओं और खुशियों को मैंने न केवल नज़रअंदाज किया, बल्कि इन्हें दिखावे और प्रदर्शन का नाम देकर मैंने तुम्हारा अपमान भी किया। हमारे समाज में बहू से तो सभी की अपेक्षा होती है कि वो ससुराल में आते ही पहले ही दिन से पति और परिवार वालों की इच्छाओं और अपेक्षाओं को समझकर खुद को उनके अनुसार ढाल ले जैसे वो मनुष्य न हो कोई स्कैन मशीन हो, जो एक ही क्षण में पति और परिवारवालों की अपेक्षाओं को स्कैन कर सकती है। तुमने तो मेरी और परिवार के अन्य सदस्यों की अपेक्षाओं के अनुसार खुद को ढालने की पूरी कोशिश की, लेकिन मैंने तुम्हें इतना 'एज ग्रान्टेड' लिया कि खुद में तुम्हारी अपेक्षाओं के अनुसार कोई बदलाव लाना जरूरी नहीं समझा। चन्द्रिका, मैं सचमुच बहुत शर्मिंदा हूँ क्या तुम मुझे माफ कर सकोगी?" कहते कहते गला रूँध गया चन्द्रेश का। चन्द्रिका उसे रोकते हुए बोली- "सच पूछिए, तो ये मेरी

अपरिपक्वता और मेरा बचपना था, जो मैं सेलिब्रेशन को, उपहारों को प्यार का प्रतीक मानती रही। आपने बिल्कुल सच कहा था कि उपहार सच्चे प्रेम का प्रतीक नहीं हो सकते। कभी कहीं पढ़ी हुई बात आज सच प्रतीत हो रही है कि वास्तव में सच्चा प्रेम तो अन्तर्मन में बहने वाली वो अजस्र धारा है जो हमारे सम्बन्धों को पोषित और पल्लवित करती है। उपहारों का देना- लेना प्रेम प्रदर्शन का एक तरीका है ,लेकिन उपहारों को ही प्रेम का प्रमाण मान लेना सरासर मूर्खता है। सच तो ये है कि आपने मुझे विश्वास का, भरोसे का और सच्चे प्रेम का जो उपहार दिया है, वो दुनिया का सबसे कीमती उपहार है, जिसकी कोई तुलना ही नहीं । आपको भी मेरी अपरिपक्वता के लिए मुझे क्षमा करना होगा।" चन्द्रेश और चन्द्रिका के मन में घिरे क्षोभ के बादल अब पश्चाताप के आँसुओं का रूप लेकर बरसने लगे थे। भ्रान्ति और संशय का आसमान अब साफ हो चुका था और विश्वास की चन्द्रिका मुस्कुराने लगी थी ।

11

अनपढ़ नहीं मैं

किशोरी कुछ देर तक तो पीछे छूटते हुए छोटे-बड़े मकानों, खेतों और दुकानों को देखती रही, पर जब आँखों में आँसू झिलमिलाने लगे तो आँखें धीमे से बन्द कर लीं । न जाने क्यों, ठीक वैसा ही महसूस क्यों हो रहा है, जैसे पहली बार मायके से ससुराल विदा होते समय हुआ था। जिन्दगी की किताब के पृष्ठ जैसे फड़फड़ा कर पलटने लगे और याद आया- उस बारह साल की बालिका का माँ के पीछे-पीछे जिद करते हुए घूमना - माँ, मेरी अच्छी माँ, मैंने पाँचवी क्लास सबसे अच्छे नम्बरों से पास की है, मेरा अगला क्लास में दाखिला करा दो न ।" पर माँ की अपनी दलील थी-" न, बेटी न । स्कूल अपने ही गाँव में होता तो मैं तुझे आगे पढ़ाने की बात मान भी लेती, पर दूसरे गाँव तक पैदल स्कूल जाना ? बीच में सुनसान रास्ता पड़ता है। न, मैं न जाने दूँगी। कोई ऊँच- नीच हो गई तो ? और फिर छोरी की जात- आगे पढ़ के करेगी भी क्या ? पढ़ लिखकर भी तो चूल्हा-चौका ही करना है। इससे अच्छा तो हाथ में कोई हुनर होना चाहिए। कल ही से सिलाई वाली बहनजी के यहाँ जाना शुरू कर दे। सिलाई बुनाई सीख लेगी तो तेरा हुनर घर के काम भी आएगा । पढ़ लिखकर कोई मेमसाब तो बनना नहीं है।"

मन मसोसकर रह गई किशोरी । कितना चाव था उसे आगे पढ़ने का ? काश, रेवा की तरह उसकी भी कोई मौसी शहर में रहती होती तो आगे पढ़ने का मौका उसे भी मिल जाता । पर ऐसा तो है नहीं और माँ को पढ़ाई- लिखाई की अपेक्षा सिलाई, कढ़ाई, बुनाई जैसी गृहोपयोगी कलाओं में निपुणता ही लड़कियों के लिए ज्यादा उपयोगी लगती है।

मन मारकर किशोरी ने सिलाई, बुनाई जैसे हुनर सीखने में ही खुद को व्यस्त कर लिया । सिलाई-सेन्टर हो या घर- जब लोग उसकी बनाई चीजें देखकर वाहवाही करते, तो कुछ संतोष जरूर मिलता। लेकिन जब उसकी सहेली रेवा शहर से घर आती, तो उसका आगे न पढ़ पाने का दर्द टीस मारने

लगता | रेवा की बोलचाल और रहनसहन में आता अन्तर, उसका आत्मविश्वास जैसे किशोरी को फिर से माँ से जिद करने पर मजबूर कर देता। फिर वो माँ से चिरौरी करती-" माँ मेरा भी अगली क्लास में दाखिला करा दो न |" तब माँ अक्सर उसे उस शहजादी की कहानी सुनाने लगती, जिसने कई बड़े बड़े देशों के शहजादों से शादी करने से सिर्फ इसलिए इन्कार कर दिया था, क्योंकि उनमें कोई हुनर न था । बादशाह शहजादी की जिद पर हैरान था कि इतने विशाल साम्राज्यों के शहजादों को भला हाथ का हुनर सीखने की क्या जरूरत ? सब कुछ तो है उनके पास | पर शहजादी अपनी जिद पर अड़ी थी । अन्त में एक शहजादे के हुनर हासिल कर लेने के बाद ही उससे शादी की शहजादी ने और जब समय के चक्र से शहजादे का राजपाट सब छिन गया तो उसी हाथ के हुनर से न सिर्फ उसकी जीविका चली बल्कि उसे छिना हुआ राजपाट भी वापिस मिल सका। माँ हमेशा कहानी सुनाते सुनाते किशोरी को समझाती - "सोचो जरा यदि हाथ का हुनर न होता शहजादे के पास तो उसका क्या हश्र होता ? जब शहजादों के लिए भी हाथ का हुनर जरूरी है तो फिर हम जैसे लोगों की तो बात ही क्या हैं ?" बस इस वाक्य के बाद तो उसे चुप ही हो जाना पड़ता | एक बार जब रेवा ने लेख-प्रतियोगिता में पुरस्कार लेते हुए अपनी फोटो किशोरी को दिखाई, तो वो खुश तो हुई पर साथ ही साथ ये सोचकर मन ही मन रो भी पड़ी कि उसे तो शायद इस जीवन में इस तरह पुरस्कार पाने का सौभाग्य मिलेगा ही नहीं |

हाँ, ये जरूर है कि उसकी गृहकार्यों , पाककला आदि में दक्षता ने ही उसकी भावी सास पर ऐसा जादू सा कर दिया कि रिश्ते की बात चलते ही उन्होंने ऐसी सुधड़ और सुशील कन्या को अपनी बहू बनाने में देर न की और महीने भर के अन्दर ही वह कुमारी किशोरी से श्रीमती किशोरी बन गई।

ससुराल आने पर सास उसके द्वारा बनाए चादर, कुशनकवर और स्वेटर्स पड़ोसियों और रिश्तेदारों को दिखा दिखाकर उसकी तारीफें करते हुए थकती न थीं। उसने सबसे पहली बार खीर बनाई तो रिश्तेदार ऊंगलियाँ ही चाटते रह गए। हर एक की जुबान पर किशोरी का ही नाम था-बहू हो तो किशोरी जैसी | घर-गृहस्थी की जिम्मेदारियों के बीच उसके आगे पढ़ने की इच्छा भी दब कर रह गयी। अपने कम पढ़े-लिखे होने की टीस भी शायद दब ही गई होती, यदि देवर की शादी की बात मालिनी से न चलती। मालिनी बी. ए. पास थी । सास तो सुनते ही बोली- 'अब की बार तो मैं पढ़ी-लिखी बहू घर लाऊँगी । नाते-रिश्तेदारी में जाएगी तो इज्जत बढ़ेगी घर की।" सुनकर किशोरी का पुराना दर्द जैसे फिर उभरने लगा । क्या उसके पढ़े -लिखे न होने से घर की इज्जत घट जाती थी ?

फिर उसके बनाये व्यंजनों ,कुशनकवर्स और स्वेटर्स की तारीफ़ क्या थी ? आज फिर अपने कमरे में जाकर किशोरी रो पड़ी | उसका घाव जैसे फिर हरा हो उठा था |

यूं तो देवरानी प्रत्यक्ष रूप किशोरी से कुछ न कहती, पर अपने पढ़े-लिखे होने की बात किसी न किसी तरह उसे जताती ही रहती। कभी किसी पोस्टर पर अंग्रेजी में लिखे विज्ञापन को जोर-जोर से पढ़कर तो कभी 'थैंक्यू' और 'सॉरी' जैसे जुमले बोलकर | आने-जाने वालों से अंग्रेजी के दो-चार वाक्य बोलकर ही वह अपना प्रभाव जमा लेती, जबकि किशोरी को रसोई में दिनभर खटने के बाद ही कहीं जाकर प्रशंसा का एकाध वाक्य नसीब होता।

ये घुटन तब कम हुई जब उनके पति प्रमोशन के बाद इस कस्बे में तबादला होने पर उन्हें अपने साथ कम्पनी के क्वाटर में लाए | खुद की बनाई हुई कलात्मक वस्तुओं से उन्होंने अपने छोटे से घर को जैसे स्वर्ग बना दिया। इसी बीच उनकी गोद में रजत और रश्मि आ गए। दोनों को ही उन्होंने जी भर पढ़ाया-लिखाया। शायद अपने अनपढ़ होने की भरपाई वे दोनों बच्चों की शिक्षा के द्वारा करना चाहती थी। बेटी रश्मि तो आज कॉलेज में लेक्चरर है और बेटा इंजीनियर |

आज उसी बेटे के साथ लखनऊ जा रही है वे अपना घर- संसार छोड़कर | मन आशंकित है कि उस बड़े शहर में जहाँ लोग आत्मकेन्द्रित से, अपनी ही दुनिया में व्यस्त रहते हैं, वहां उनका मन कैसे लग सकेगा ? फिर वहाँ तो सब पढ़े- लिखे लोग हैं ,उन जैसी अनपढ़(हाँ, उनके अनुसार आज के जमाने में पाँचवी पास का मतलब अनपढ़ होना ही तो है।) से भला बात ही कौन करना चाहेगा ? उन्हें तो खुद भी शर्म आएगी कि कहीं उनकी किसी बात से उनके बेटे का सर न झुक जाए। सोचकर ही मन घबराने लगा तो उन्होंने आँखें खोल लीं| लखनऊ बस आने ही वाला था।

लखनऊ पहुँचकर लगा जीवन के एक नए अध्याय की शुरुआत है ये भी । बहू- बेटा सुबह साढ़े आठ बजे तक ऑफिस निकल जाते और वे भी पोते मिंटू को 9 बजे स्कूल जाने के लिए बस- स्टॉप तक छोड़कर फ्री हो जातीं । फिर वे होती और होता उनका अकेलापन | टेलीविजन भी इस खालीपन को कितनी देर भरता ? बहू तो उन्हें कॉलोनी में आसपास जान- पहचान करने की सलाह देती, लेकिन लोगों से बातचीत करने में उनके अनपढ़ होने की हीन भावना ही बाधा बन जाती।

ऐसे में एक दिन मिंटू को छोड़कर आते समय बाजार से ऊन ले आईं। अपने खाली समय के उपयोग का यही तरीका नजर आया उन्हें। हाँलाकि वे मन ही मन आशंकित थीं कि इतने डिजाइनर और रेडीमेड स्वेटर्स होते उनका पोता, उनके द्वारा घर पर बनाया गया स्वेटर पहनना पसंद करेगा भी या नहीं। पर समय तो काटना ही था, लिहाजा वे ऊन-सिलाइयाँ लेकर बाहर लॉन में जा बैठीं। स्वेटर बुनते-बुनते समय का पता ही न चला।

अगले दिन जब वे अपनी बुनाई लेकर लॉन में बैठीं तो एक मीठी सी आवाज कानों में पड़ी-" आण्टी जी नमस्ते !" सर उठाकर देखा तो एक नवविवाहिता सी युवती दिखाई दी। नमस्ते का जबाव देकर वे अचकचाई सी बैठी रहीं। आगे क्या कहें, क्या बात करें - इस स्मार्ट सी दिखाई देने वाली युवती से ? वे समझ ही न सकीं। लेकिन अगले ही क्षण उस युवती ने खुद ही प्रश्न पूछकर उनकी दुविधा दूर कर दी - "आंटी, बहुत सुन्दर स्वेटर बना रही हैं आप | किसका है ? पास ही रखी कुर्सी पर बैठते हुए युवती अपना परिचय देते हुए बोली- "मेरा नाम दीक्षा है | मैं आपके पास वाले बंगले में आई हूँ। वैसे तो काफी दिनों से आपसे बात करना चाह रही थी, लेकिन कल बाउंड्री के उस तरफ से आपको इतना सुन्दर स्वेटर बनाते देखकर मुझसे रहा न गया और मैं आपके पास आ गई। कुछ रुककर थोडा सा शर्माति हुए बोली दीक्षा -"दरअसल एक महीने बाद मेरी पहली मैरिज एनिवर्सरी है और मैं उनको यानि अपने हस्बैंड को अपने हाथों से बना हुआ स्वेटर गिफ्ट करना चाहती हूँ। पर क्या करूँ, मुझे इतनी अच्छी बुनाई नहीं आती | आंटी, क्या आप मेरी मदद करेंगी ?" अब तक किशोरी भी कुछ सामान्य हो चुकीं थीं | उन्होंने उसे बुनाई ही नहीं सिखाई, बल्कि स्वेटर बनाने में उसकी मदद भी की। लगभग 23 दिन लगे स्वेटर बनने में, पर जब उनके निर्देशन में स्वेटर बनकर तैयार हुआ तो खुद किशोरी भी मुग्ध हो गईं। सचमुच बहुत ही आकर्षक लग रहा था डिजायन। दीक्षा तो खुशी से फूली नहीं समा रही थी। उन्हें बार-बार धन्यवाद दे रही थी |

कुछ दिनों बाद दीक्षा के स्वेटर की चर्चा पूरी कॉलोनी में हो रही थी। अब तो कॉलोनी में रहने वाली हर महिला किशोरी से मेलजोल बढ़ाने के लिए उत्सुक थी। दीक्षा के माध्यम से उनके गुणों और कला की चर्चा सब जगह हो रही थी। अब कोई महिला उनसे बुनाई सीखना चाहती थी तो कोई अचार। कोई उनसे डिश को स्वादिष्ट बनाने के टिप्स लेना चाह रही थी, तो कोई जानना चाहती थी कि ये सब उन्होंने सीखा कहाँ से ? पहले जो दिन उन्हें पहाड़ से महसूस होते थे अब सबको सिखाते-बताते पंख लगाकर उड़ते से महसूस होने लगे थे |

एक रविवार को सुबह डोरबेल बजी और दरवाजा खुलते ही कॉलोनी की महिलाओं का समूह उन्हें बधाई देता हुआ अन्दर आ गया | वे हैरान थी कि आखिर किस बात की बधाई दी जा रही है उन्हें ? तभी दीक्षा उन्हें एक प्रतिष्ठित महिला पत्रिका के कवर पर छपी उनकी फोटो दिखाते हुए बोली- "आण्टी जी, इस पत्रिका द्वारा आयोजित बुनाई प्रतियोगिता में आपको प्रथम स्थान मिला है। हाँ, आप हैरान जरूर होंगी क्योंकि आपने तो कोई प्रविष्टि भेजी ही नहीं थी, फिर ये पुरस्कार आपको कैसे मिला? दरअसल हमारे महिला मण्डल ने ही आपके द्वारा बनाए स्वेटर की प्रविष्टि आपकी ओर से भेज दी थी | हमें पूरा विश्वास था कि इतने सुन्दर डिजायन पर आपको कोई न कोई पुरस्कार जरूर मिलना चाहिए और देखिए मिल गया आपको प्रथम पुरस्कार | आपको ट्रॉफी के साथ 25 हजार रु०भी मिलेंगे।"

दीक्षा की बात सुनकर उनकी आँखें चमक उठीं। बात पुरस्कार- राशि की इतनी नहीं थी ,जितनी अपने हुनर के प्रति उपजते हुए उनके विश्वास की थी। अनपढ़ होने की हीनभावना के बादलों को हटाकर आत्मविश्वास का सूरज उनके मुखमंडल को उद्भासित करने लगा था | उनकी आशंकाएं निर्मूल सिद्ध हुईं थीं, इस शहर ने उन्हें अनपढ़ होने के बावजूद उनके गुणों के कारण अपना लिया था | बरसों से पाली गयी हीनभावना और संकोच को दूर ठेलते हुए वे मन ही मन खुद से कह रहीं थी- 'मैं अनपढ़ नहीं" |

12

तेरे बिना ज़िन्दगी से.....

" सुनिए, सात बज रहे हैं, उठिए चाय पी लीजिए वरना कॉलेज के लिए लेट हो जाएंगे।" बहुत धीमे से डरते हुए सी कह रही थी शिवि । आवाज सुनकर आँखें खोलीं हिमांशु ने और रूखे स्वर में कहा-" रख दो टेबल पर |" चाय टेबल पर रखकर चुपचाप कमरे से बाहर निकल गई शिवि, शायद उसकी आँखें डबडबा आई थीं। चाय पीते- पीते सोच रहा था हिमांशु, कि न जाने क्यों ऐसा हो जाता है कि शिवि की किसी भी बात का जबाव वो नॉर्मल ढंग से नहीं दे पाता, अनजाने में ही उसकी आवाज में कड़वाहट घुल ही जाती है। कई बार सोचता है कि जो हुआ उसमें शिवि की कोई गलती नहीं थी, फिर भी शादी के तीन साल बाद तक भी शिवि को पत्नी के रूप में ठीक से स्वीकार ही नहीं सका वो । शुरु - शुरु में तो वो शिवि को एक ऐसी खलनायिका के रूप में देखता था , जिसने उसे उसके प्यार 'लतिका' से अलग कर दिया।

'लतिका' का नाम आते ही उसके कानों में गूंज उठी आठ साल पहले सुनी हुई वो मधुर आवाज, जो यूनिवर्सिटी के गर्ल्स कॉमन रूम से आ रही थी। शायद "आँधी" फिल्म का गीत था- 'तेरे बिना ज़िन्दगी से कोई शिकवा तो नहीं' गीत सुनकर उसके ही नहीं, उसके और साथियों के भी वहाँ से गुजरते हुए कदम अचानक थम गए थे। गीत खत्म होने पर बजने वाली तालियों से ही वे लोग जैसे दूसरी दुनिया से वापिस लौटे। सभी को उस आवाज ने जैसे मंत्रमुग्ध कर दिया था। और हिमांशु, जैसे वो तो उस मधुर आवाज में ही कहीं खो गया था। कॉलेज से हॉस्टल लौटने पर भी वो बस यही सोचता रहा कि जिसकी इतनी मधुर आवाज है, वो लड़की कैसी होगी? न जाने क्यों उस लड़की से परिचय करने के लिए उसका मन व्याकुल हो रहा था । पर कैसे ? ये वो नहीं जानता था | लेकिन लगभग 15-20 दिन बाद जब उसकी कजिन निधि ने अपनी सहेली से हिमांशु का परिचय कराते हुए कहा - "इनसे मिलिये ये हैं हमारी यूनिवर्सिटी की लता मंगेशकर और मेरी

बेस्ट फ्रेण्ड लतिका।" तो उसे लगा कि जिससे मिलने की दिली चाहत हो, उसे ऊपरवाला किसी न किसी तरह मिला ही देता है। उस दिन तो औपचारिक परिचय ही हुआ, लेकिन फिर निधि के माध्यम से अक्सर मिलना-जुलना होने लगा। धीरे- धीरे उनके मिलने की कड़ी के रूप में निधि कब गायब हो गई, पता ही नहीं चला। अब वे अक्सर मिलते। जहाँ लतिका M.SC. First year में थी वहीं हिमांशु Final yeal का स्टूडेंट था। फिजिक्स की प्रॉब्लम सॉल्व करते-करते वे कब एक दूसरे की जिन्दगी की प्रॉब्लम सॉल्व करने लगे, पता ही नहीं चला। हिमांशु के रिसर्च यानि पी. एचडी. करने के दौरान हाँलाकि उनके टाइमिंग अलग-अलग हो गए थे, लेकिन उनका मिलना, बातें करना बदस्तूर जारी रहा। उनकी आँखों में साथ जिन्दगी जीने के हजारों सपने थे। एक साथ सुखी जीवन बिताने की कल्पना ही उन्हें रोमांचित कर देती थी।

तय था कि थीसिस सबमिट करने के बाद हिमांशु अपने घरवालों से लतिका के बारे में बात करेगा। उसे विश्वास था कि चूंकि लतिका में उसके परफेक्ट लाइफ पार्टनर बनने के सारे गुण हैं, इसलिए घर में किसी के आपत्ति करने का प्रश्न ही नहीं पैदा होगा | यूं भी उसके घर में दो ही लोग थे उसके पापा और दादी माँ, जिन्होंने हिमांशु की माँ की अचानक मृत्यु के बाद उसे पाला था। पापा लतिका जैसी लड़की के लिए कभी मना नहीं करेंगे और जहाँ तक उसकी प्यारी दादी माँ की बात है, तो उन्हें तो मना ही लेगा वो | भला दादी माँ उसकी बात टाल ही कैसे सकती हैं ?

लेकिन एक दिन घर से आए एक फोन कॉल के बाद उनके जीवन की दशा और दिशा कैसे बदल जाएगी, ये उनमें से किसी ने सोचा न था । फोन था हिमांशु के पिता का, जो घबराए हुए स्वर में कह रहे थे-" हिमांशु बेटा जल्दी आ जाओ, तुम्हारी दादी को हार्ट अटैक आया है, जितनी जल्दी हो सके घर पहुँचो ।"' हाँ पापा, मैं जल्दी से जल्दी आ रहा हूँ ,आप दादी माँ का ख्याल रखिएगा", रुंधे हुए गले से कहा हिमांशु ने। दादी ही तो थीं जिन्होंने उसे माँ की कमी कभी महसूस नहीं होने दी । दादी ही उसकी माँ थी और दोस्त भी। पूरे रास्ते मन आशंकाओं में डूबता - उतराता रहा। हॉस्पीटल पहुँचने पर पता चला दादी की हालत क्रिटिकल है।

अगली शाम ही दादी को होश आ पाया। होश में आते ही उन्होंने धीमी और कमजोर आवाज में पापा से कुछ कहा। आवाज इतनी धीमी थी कि हिमांशु कुछ सुन नहीं पाया पर पापा का उत्तर सुनकर वह चौंक गया - "माँ, आप पहले ठीक हो जाइए, फिर हो जाएगी हिमांशु की शादी । हिमांशु भी यहीं है और शिवि भी।

फिर जल्दी क्या है ? अभी अपने ठीक होने के बारे में सोचिए।" शिवि ?आखिर कौन है ये ? सोचा हिमांशु ने, तो याद आया दादी की बाल सखी सावित्री दादी की नातिन है शायद शिवि। बचपन में दादी उसे शिवि नाम लेकर चिढ़ाया करती थी-" अच्छे नम्बरों से पास होना वरना शिवि क्या सोचेगी?" " बाल कटवा ले, शिवि देखेगी तो क्या सोचेगी?" जब छोटा था तो दादी की इन बातों से बहुत चिढ़ता था वो, फिर बड़े होने पर शिवि को कोई काल्पनिक व्यक्ति या चरित्र समझकर टालने लगा। लेकिन वो काल्पनिक समझी जाने वाली शिवि अगले दिन अपने मम्मी-पापा के साथ सशरीर हॉस्पीटल में उपस्थित हो जाएगी, उसने सोचा न था। वे लोग दादी को देखने आए थे या उन्हें फोन करके बुलाया गया था उसे नहीं पता, पर जब अचानक शिवि का हाथ हिमांशु के हाथ में देते हुए दादी ने उसके पापा से कहा - "बस, अब अपनी आँखें बन्द होने से पहले सावित्री से किया हुआ वादा पूरा करके शिवि को हिमांशु की बहू के रूप में देखना चाहती हूँ।" तो हिमांशु को लगा जैसे एक वज्रपात ने उसकी मधुर कल्पनाओं को तहस- नहस कर दिया हो। वो अपना हाथ शिवि के हाथ से छुड़ाकर भाग जाना चाहता था, लेकिन दादी हिमांशु और शिवि दोनों के हाथ अपने हाथ में थामे हुए थी, इसलिए भागने की कोई सूरत न थी। सब कुछ इतना अप्रत्याशित था कि हिमांशु समझ नहीं पा रहा था कि अब वो क्या करे ? कैसे बताए, सबको लतिका के बारे में ? जीवन के नाटक में दृश्य ऐसे भी बदलते हैं- सोचकर उस मस्तिष्क जैसे शून्य हो गया था। जैसे ही दादी के हाथ की पकड़ थोड़ी सी ढीली हुई वह अपना हाथ छुड़ाकर बाहर की ओर भागा।

थोड़ी देर बाद हिमांशु के पापा ने बाहर आकर घोषणा की, कि कल सुबह देवी - मन्दिर में हिमांशु और शिवि के फेरे हो जाएंगे और जब माँ स्वस्थ हो जाएंगी तब धूम धाम से सबको पार्टी दे दी जाएगी।" इस प्रस्ताव से शिवि के मम्मी-पापा भी सहमत थे यदि कोई असहमत था, तो वो था हिमांशु।

शिवि के मम्मी-पापा के जाने के बाद उसने पापा को लतिका के बारे में बताया। बताया कि वो लतिका से ही शादी करना चाहता है, पर हमेशा उसकी छोटी छोटी इच्छाओं को भी दिलोजान से पूरा करने वाले पापा ने उसे झिड़क दिया और पूछ बैठे- "ये बता, जिस दादी ने तुझे बचपन से पाला पोसा। तुझे माँ की कमी महसूस न होने दी, उस दादी की अन्तिम इच्छा का सम्मान तेरे लिए ज़्यादा जरूरी है या उस लड़की से किया वादा - तू खुद सोच ले ।" उसे विचारों के भँवर में धकेलकर पापा तो चले गए और हिमांशु सोचने लगा कि अब दादी माँ से बात करके ही इस समस्या से निकला जा सकता है। पर ये मौका आ ही नहीं पाया

क्योंकि दादी की हालत अचानक फिर बिगड़ गई और सारी रात हॉस्पिटल में भागते-दौड़ते और दादी को संभालते बीत गई। सुबह जाकर दादी की तबियत कुछ संभली तो हिमांशु का ध्यान फिर उसके जीवन में अचानक प्रकट हुई समस्या पर गया। इससे कैसे निपटा जाए ? हिमांशु कुछ सोच पाता कि अचानक पापा ने उसके कन्धे पर हाथ रखते हुए कहा-" बाहर फूफाजी तुम्हारे कपड़े लेकर खड़े हैं। जल्दी से नहा धोकर तैयार होकर उनके साथ देवी- मन्दिर पहुँच जाओ। सब वहाँ तुम्हारा इन्तजार कर रहे हैं।" फूफाजी की गाड़ी में कब वो मन्दिर पहुँचा और कैसे उसके फेरे सम्पन्न हुए, उसे याद नहीं। पण्डितजी जो कह रहे थे, वो सब वो यन्त्रवत् ही करता जा रहा था, ठीक एक कठपुतली की तरह। उसकी आँखे आँसुओं से लाल हो रहीं थीं और उपस्थित लोग हवनकुण्ड के धुएं को दोष दे रहे थे। वो सबसे क्या कहता कि जिसकी जिन्दगी ही धुआँ-धुआँ हो गई हो, हवन कुण्ड का धुआँ उसका भला क्या बिगाड़ सकता है ?

फेरों के बाद, जब हिमांशु और शिवि दूल्हा-दुल्हन के वेश में हॉस्पीटल पहुँचे, तो उन्हें देखकर दादी की आँखों में अपनी बालसखी से किया हुआ वादा पूरा करने का संतोष तिर आया। अपनी कमजोर आवाज में उन्हें सुखी रहने और फलने फूलने के न जाने कितने आशीर्वाद दे डाले उन्होंने । इसके दो दिन बाद ही दादी स्वर्ग सिधार गईं और उसे बना गईं अपराधी। खुद को धोखेबाज और इतना गिरा हुआ महसूस कर रहा था हिमांशु, कि दादी की अन्त्येष्टि के बाद एक महीने तक यूनिवर्सिटी जाने का साहस ही न जुटा पाया। वो सोच नहीं पा रहा था कि लतिका का सामना वो कैसे करेगा? कैसे बताएगा वो उसे अपनी मजबूरी ? पर इसका मौका ही न मिला क्योंकि जब वो यूनिवर्सिटी पहुंचा तो उसे लतिका कहीं नजर ही न आई। निधि से पता चला कि उसके पापा ने यहाँ से ट्रांसफर ले लिया लेकिन कहाँ ? ये किसी को भी पता न था, उसकी फ्रेण्ड निधि को भी नहीं । लतिका से कुछ न कह पाने की कसक आज तीन साल बाद भी उसे सालती रहती है। अचानक दरवाजे पर खटखटाने की आवाज से हिमांशु विचारों की दुनिया से बाहर निकला। आधा घण्टा हो गया था उसे शावर लेते-लेते। कई बार ऐसा होता है कि जब भी पुरानी बातें सोचता है वो, उसे इसी तरह समय का पता ही नहीं चलता।

जल्दी- जल्दी तैयार होकर कॉलेज के लिए निकला। वो तो शिवि उसकी सारी चीजें इतनी व्यवस्थित रखती है कि लेट नहीं हो पाया। अपनी क्लासेज लेकर जब हिमांशु खाना खाने कैंटीन पहुंचा तो केमिस्ट्री के प्रोफेसर डा. सहाय वहीं थे। एक नए चेहरे से उसका परिचय कराते हुए बोले- "इनसे मिलिए

ये हैं डा. विपिन । हमारे यहाँ अभी ट्रांसफर होकर आए हैं, मैथ्स के विद्वान हैं |
चलिए, अब आप दोनों बैठकर बातें कीजिए, मैं चलता हूँ, मेरी क्लास है। और हाँ,
डा. विपिन, डा. हिमांशु का लंच शेयर करना मत भूलना। इनकी वाइफ बहुत
अच्छा खाना बनाती हैं।" कर्टसी के नाते अपना लंच बॉक्स विपिन की ओर बढ़ा
दिया | "खाना वाकई बहुत अच्छा बना है। आप बहुत लकी हैं डा०
हिमांशु।" विपिन ने कहा | शिवि की तारीफ ने हमेशा की तरह हिमांशु पर कोई
असर नहीं किया, पर ये देखकर उसे अच्छा लगा कि विपिन भी लगभग उसका
हमउम्र था | वरना उसके कॉलेज के ज्यादातर प्रोफेसर काफी सीनियर थे |
शायद यही कारण था दो-तीन महीनों में ही उन दोनों में काफी घनिष्ठता हो गई
थी | लंच टाइम में एक बार कैण्टीन में वे ज़रूर मिलते। पर ये देखकर उसे बड़ा
आश्चर्य होता था कि जहाँ उसके लंचबॉक्स में रोज शिवि के द्वारा बनाई गयी नई-
नई डिशेज होती थीं, वहीं विपिन के लंच में या तो टमाटर और खीरे वाले
सैण्डविच होते थे, जो शायद उसने खुद बनाए होते थे या फिर वो कैण्टीन में ही
समोसे आर्डर करता था। आखिर एक दिन पूछ ही लिया हिमांशु ने विपिन से-
"विपिन, आपकी वाइफ क्या आपके साथ नहीं रहती ? शायद इसीलिए आप
प्रॉपर लंच लेकर नहीं आते।" उसकी बात सुनकर विपिन कुछ देर तक तो उसे
चुपचाप देखता रहा | फिर धीमे से बोला - "हिमांशु , सभी लोग आपकी तरह
भाग्यशाली नहीं होते। मेरी वाइफ तो मेरे साथ रहते हुए भी मेरे साथ नहीं है।"
"लेकिन क्यों?" चौंककर पूछा हिमांशु ने | जबाव में विपिन ने कहा -" कल शाम
कॉलेज के बाद आप मेरे घर आइए तब सब बताऊँगा। आओगे न ?" "ठीक है
आऊँगा | सच तो ये है कि मैं भी इसकी वजह जानना चाहता हूँ।" "ठीक है तो
फिर कल शाम पांच बजे मिलते हैं घर पर" कहते हुए विपिन उठ गया |

अगले दिन विपिन के बताए हुए एड्रेस पर पहुँचकर जब हिमांशु ने कॉलबेल
बजाई, तो जिसने दरवाजा खोला उसे देखकर हिमांशु जैसे मूर्तिवत खड़ा रह
गया- ये लतिका थी। लतिका भी उसे अचानक देखकर शॉक से लड़खड़ाकर
गिरने ही लगी थी कि हिमांशु ने उसे थामकर सोफे पर बैठा दिया। कुछ देर
निस्तब्धता छाई रही, फिर बहुत साहस करके धीरे से हिमांशु ने ही कहा-
"लतिका, न जाने कब से मैं तुमसे माफी माँगने को तड़प रहा था। प्लीज, आज
मेरी बात जरूर सुन लो, नहीं तो मेरी अन्तरात्मा मुझे धिक्कारती रहेगी । "अच्छा,
तुम जैसे धोखेबाज लोगों की भी अन्तरात्मा होती है, मुझे पता न था।" बड़े तल्ख
स्वर में बोली लतिका। उसकी तल्खी की, उसकी कड़वाहट की परवाह न करते
हुए हिमांशु ने पापा के फोन से लेकर दादी की अंतिम इच्छा और उस इच्छा के

सम्मान के लिए शिवि से शादी तथा अब तक शिवि को पत्नी के रूप में स्वीकार न कर पाने तक सारी बातें उसे एक साँस में बता दी। ऐसा लग रहा था जैसे उसके मन में बरसों से जमी बर्फ पिघल रही हो और शब्दों की धारा के रूप में वह निकली हो।

सब कुछ बताकर हिमांशु बोला- "लतिका न जाने कब से मैं तुम्हें सब कुछ बताकर माफी माँगना चाह रहा था। पर तुम तो यूनिवर्सिटी से ऐसे गायब हुई कि आज़ मिली हो।" लतिका ने सीधी नजरों से उसे देखते हुए बड़े ठहरे हुए स्वर में कहा-"तुम्हारी शादी का समाचार सुनकर मैं खुद को इतना ठगा हुआ,इतना अपमानित महसूस कर रही थी कि खुद को सँभालना मुश्किल ही नहीं, असम्भव लग रहा था। मुझे डिप्रेशन में आया हुआ देखकर ही पापा ने अपना ट्रांसफर करवा लिया। मैं भी उस घुटन से दूर जाना चाह रही थी। मैंने इसीलिए अपनी फ़ास्ट फ्रेंड निधि तक को अपना बदला हुआ फोन नम्बर और एड्रेस नहीं दिया, क्योंकि मैं बीता हुआ सब कुछ भूलना चाहती थी। पर भूलना इतना आसान होता है क्या ? फिर शायद मुझे उस घुटन,उस डिप्रेशन से निकालने के लिए ठण्डी हवा के झोंके की तरह विपिन उस शहर में एपॉइन्ट होकर आए। पापा के दोस्त के बेटे हैं ये, इसलिए हमारी पुरानी पहचान थी। कुछ समय बाद जब अंकल ने मुझे अपनी बहू बनाने का प्रस्ताव रखा, तो मन से तैयार न होते हुए भी मुझे 'हाँ' कहना पड़ा। मना करने का कोई स्पष्ट कारण भी तो नहीं था न। पर विपिन से शादी के बाद भी पता नहीं क्यों, ऐसा लगता है जैसे जीवन में कहीं कोई उत्साह नहीं, कोई उमंग नहीं, जैसे सब एक रुटीन में बंधा हुआ चल रहा है,जैसे मैं बस अपनी कोई ड्यूटी पूरी कर रही हूँ। इस पर भी विपिन ने कभी कोई असंतोष जाहिर नहीं किया, कोई तीखी बात नहीं कही। वाकई बहुत अच्छे हैं विपिन, लेकिन मैं ही शायद अपने अतीत से मुक्त नहीं हो पाई हूँ।" कहते हुए आँखें छलछला उठी लतिका की।

कुछ देर बिल्कुल निस्तब्धता छाई रही। हिमांशु और लतिका दोनों ही अपने विचारों में खोए हुए थे। थोड़ी देर बाद हिमांशु ने ही मौन तोड़ते हुए कहा-" मानता हूँ लतिका, कि जो हुआ, बहुत गलत हुआ। लेकिन अब हम दोनों जो कर रहे हैं, वो और भी गलत है। सच तो ये है कि हम दोनों ही अपने-अपने जीवनसाथी को अतीत की बलिवेदी पर होम कर रहे हैं। आखिर जो हुआ, उसमें न तो शिवि का कोई दोष था और न विपिन का। सच कहा जाये तो वे दोनों भी परिस्थितियों के चक्र में फँस गए थे। वे दोनों तो कुछ जानते भी नहीं थे।" कुछ देर तक फिर वही खामोशी......... पता नहीं, हिमांशु और लतिका दोनों खुद

को तौल रहे थे या आगे आने वाले बदलाव के लिए तैयार कर रहे थे । फिर लतिका की बड़ी दृढ़ता से भरी आवाज आई-" हिमांशु, वादा कीजिए कि सारी पिछली बातें भूलकर अब आप शिवि से रुखा व्यवहार नहीं करेंगे।उसे पत्नी का सम्मान देंगे |" हिमांशु ने भी बड़े ही सधे हुए स्वर में कहा -"ठीक है, लेकिन यही वादा मैं आपसे भी चाहता हूँ| और हाँ,लतिका और हिमांशु के रूप में ये हमारी आखिरी बातचीत है |" ये कहकर जैसे ही जाने के लिए पलटा हिमांशु तो सामने दरवाजे पर विपिन को देखकर अचकचा गया। यदि विपिन ने उसकी और लतिका की बातें सुन ली होंगी तो क्या सोचेगा वो ये सोचकर ही जैसे कटकर रह गया हिमांशु| लेकिन ये क्या ? विपिन ने उसके हाथ पकड़कर उसे फिर से सोफे पर बैठाते हुए कहा -" फिर एक बढ़िया सी चाय हो जाए, सारे पुराने गिले-शिकवे दूर होने के उपलक्ष्य में।" हिमांशु को आश्चर्यचकित देखकर बोला विपिन - "हिमांशु, मैंने जानबूझकर ही तुम दोनों को मिलने का मौका दिया था। दरअसल पिछले साल जब अचानक निधि से मेरी मुलाकात हुई, तो उससे मुझे तुम्हारे बारे में पता चला। मुझसे लतिका की हालत देखी नहीं जा रही थी, एक झरने की तरह हँसती- खिलखिलाती लड़की जैसे बंधी हुई धारा की तरह सिमटकर रह गई थी। मैं लतिका को ऐसे तिल-तिलकर घुटते हुए नहीं देख सकता था । निधि ने मुझे तुम्हारी शादी के बारे में भी बताया था। मुझे लगा यदि तुम लोग बजाय एक दूसरे से दूर भागने के एक बार मिलकर सारे शिकवे - शिकायतें एक दूसरे से कर लोगे तो गलतफहमियां दूर होने से मन का बोझ हलका होगा और एक दूसरे की मजबूरी भी समझ सकोगे। इससे शायद तुम लोगों का जीवन सामान्य हो सके। और तुम लोगों की बात सुनकर ऐसा ही लग रहा है|" मुस्कुराते हुए बोला विपिन | उसकी निश्छल मुस्कुराहट से ऐसा लगा जैसे अतीत की कटु स्मृतियों के सारे बादल छँटकर सुनहरी धूप खिल गई हो ।

किचन में चाय बनाते हुए लतिका सोच रही थी- "कितना उदार, कितना समझदार है विपिन, लेकिन अब तक वो उसे समझ ही न सकी | पर अब वो उसके जीवन में कोई कमी नहीं रहने देगी।" हिमांशु भी शिवि का सहमा सा, संकोच से भरा चेहरा याद कर ग्लानि से भर उठा था | सचमुच शिवि आदर्श पत्नी है । लेकिन उसकी कोई गलती न होते हुए भी उसने शिवि के साथ कैसा व्यवहार किया| जो हुआ सो हुआ- अब वो शिवि के जीवन को खुशियों से भर देगा। अब वो लतिका के गीत की सिर्फ पहली पंक्ति ही याद रखेगा - 'तेरे बिना जिन्दगी से कोई शिकवा नहीं ।'

∞

13

बोया पेड़ बबूल का.....

'धड़ाक्' की आवाज के साथ दरवाजा जोर से बन्द हो गया और यशोधरा उस बन्द दरवाजे की ओर न जाने कितनी देर तक देखती रही। यूं तो उसके आलीशान कमरे का ये दरवाजा दिन भर में न जाने कितनी बार खुलता और बन्द होता था, पर आज उसका बेटा रोहित जोर से इसे बन्द करके गया था, कभी न लौटने के लिए। ये ऐलान करके कि 'माँ, आपकी स्वार्थ और छल- प्रपंच से भरी जिन्दगी से दूर जा रहा हूँ, सुनयना और विधु को साथ लेकर। मैं नहीं चाहता कि विधु के ऊपर आपके इस छल- फरेब से भरे माहौल की छाया पड़े।" सन्न रह गयी थी यशोधरा। वो समझ नहीं पाती थी कि उसका बेटा होते हुए भी क्यों रोहित उससे बिल्कुल ही भिन्न था। जहाँ यशोधरा के लक्ष्य सत्ता, अधिकार और धन थे, वहीं न जाने क्यों रोहित शुरू से ही इस सबसे बहुत दूर रहा।

यूं देखा जाए तो यशोधरा भी बहुत ही साधारण परिवार की बेटी थी - सिंचाई विभाग में क्लर्क पिता की पाँच संतानों में से तीसरी सन्तान। घर में पैसों के लिए हमेशा ही खींचतान बनी रहती थी। जहाँ यशोधरा के और भाई-बहन चादर देखकर ही पैर फैलाने में यकीन रखते थे वहीं यशोधरा थी फैशनेबल कपड़ों की, घूमने फिरने और दिखावे की शौकीन। पापा की सीमित आय में अपने शौक पूरे न हो पाने पर चिड़चिड़ा उठती थी यशोधरा। कभी-कभी तो उसे लगता था कि जैसे वो कोई शापग्रस्त अप्सरा है, जिसे किसी शाप के कारण ऐसे सामान्य परिवार में जन्म लेना पड़ा है। स्कूली शिक्षा पूरी कर जब वो कॉलेज पहुँची तो उसे अपनी स्थिति और ज़्यादा चुभने लगी। जहाँ और लड़कियाँ नए फैशन के महंगे कपड़े पहनकर आती थीं वहीं उसे सुन्दर होने के बावजूद साधारण कपड़ों में ही कॉलेज आना पड़ता था। बहुत अखरती थी उसे अपनी आर्थिक स्थिति, पर उसे नहीं मालूम था कि उसकी ये सामान्य सी वेशभूषा ही किसी परीकथा की तरह उसके सौभाग्य के द्वार खोलने की तैयारी कर रही है।

हुआ ये कि उसके कॉलेज के वार्षिकोत्सव में शहर के एम.एल.ए. अभिजीत सिंह मुख्य अतिथि के रूप में आए, जिसमें यशोधरा ने वाद-विवाद प्रतियोगिता में अपने सटीक तर्कों से प्रतिपक्षी को चारों खाने चित्त कर दिया। उसके आत्मविश्वास और भाषणकला ने अभिजीत सिंह को ऐसा प्रभावित किया कि अगली ही शाम वे अपने लावलश्कर के साथ, यशोधरा के घर पहुँच गए - अपने बेटे अविनाश के लिए उसका हाथ माँगने। यशोधरा के पिता तो जैसे हतप्रभ हो गए उनके आगमन से । उन्होंने सोचा न था कि शहर की हस्ती माना जाने वाला व्यक्ति कभी यूं उनके घर आ सकता है | कहाँ तो पिछले साल जब अपना ट्रांसफर रुकवाने की विनती लेकर वे अभिजीत जी की कोठी पर गए थे, तो लम्बे इंतज़ार के बाद उनकी मुलाकात हो सकी थी उनसे और वो भी मात्र दो - तीन मिनट के लिये | उस समय यशोधरा के पिता की तो उनके रौबदार व्यक्तित्व के सामने जैसे बोलती ही बंद हो गयी थी , बड़ी मुश्किल से वे अपनी समस्या उन्हें बता सके थे वो भी टूटे फूटे शब्दों में | आज बड़ी-बड़ी चमचमाती गाड़ियाँ अपने दरवाजे पर खड़ी देख जैसे वे विश्वास ही नहीं कर पा रहे थे | सब कुछ सपना सा लग रहा था उन्हें। फिर क्या था, एक सप्ताह के भीतर ही यशोधरा अभिजीत जी की पुत्रवधू बनकर उनकी आलीशान कोठी में आ गई। उसके पिता तो अभिजीत सिंह जी का वैभव देखकर इतने अभिभूत थे कि उन्होंने अविनाश के बारे मे जानने की कोशिश ही नहीं की। पर सच पूछिए तो यशोधरा को भी इस बात की चिन्ता कहाँ थी कि उसका होने वाला पति कैसा है? वो तो खुश थी- बहुत खुश कि वो एम. एल. ए. अभिजीत सिंह की बहू बनने वाली है, जहाँ न सिर्फ उसे मान-सम्मान मिलेगा बल्कि बचपन से गरीबी के जिस दंश को उसने झेला है, उससे भी उसे छुटकारा मिल जाएगा ।

रिसेप्शन की पार्टी के बाद जब शराब के नशे में लड़खड़ाते हुए पति से यशोधरा की मुलाकात हुई तो उसकी तीव्र बुद्धि ने समझ लिया कि अपने इकलौते बेटे से राजनीति की विरासत संभालने की योग्यता से निराश होकर ही उसे बहू के रूप में इस परिवार में स्वीकार किया गया है। उसकी सास यानि अभिजीत जी की पत्नी बहुत ही सीधी-सादी धार्मिक प्रवृत्ति की घरेलू महिला थी,जो इतने लम्बे समय में भी पति की राजनैतिक प्रभाव से अछूती थीं। उनका कार्यक्षेत्र सिर्फ घर की चाहरदीवारी तक ही सीमित था । बहरहाल शादी के बाद तीसरे ही दिन से यशोधरा ने अपने ससुर के चुनाव प्रचार में जाना शुरु कर दिया। यहाँ वो अभिजीत जी की उदारता का जीवन्त उदाहरण होती- जो बिना दहेज और विना समान स्टेटस के बहू के रूप में स्वीकार की गई थी | कहना न होगा कि अभिजीत

जी के दरकते हुए जनाधार में उनकी इस उदार छवि ने सम्बल का काम किया और वे फिर चुनाव जीत गए। फिर क्या था, सबको किनारे कर यशोधरा ने उनकी सेक्रेटरी का अघोषित पद खुद ही ले लिया। अब अभिजीत जी की सारी मीटिंग्स, सारे कार्यक्रम के एप्पॉइंटमेंट यशोधरा के हाथ में थे। अभिजीत जी अपने निर्णय पर अक्सर गर्व करते थे कि कैसे पारखी जौहरी की तरह उन्होंने हीरा चुन लिया था।

इसी बीच इस सूचना ने, कि वे दादा बनने वाले है- जैसे अभिजीत जी के पंख लगा दिए थे। राजनीति की जिस विरासत को उनका बेटा अपनी अकर्मण्यता और व्यसनों की वजह से नहीं संभाल पाया था, अब उनका पोता उसे संभालेगा। इस नाजुक समय में भी यशोधरा व्यस्त थी अपने ससुर से राजनीति के गुर सीखने में। उसका तो जैसे सपना पूरा हो गया था दौलत, शौहरत, रुतबा - यही तो चाहा था उसने बचपन से | अपने ससुर की योग्य शिष्या के रूप में खुद को प्रमाणित करने में इतनी व्यस्त थी यशोधरा कि उसकी उपेक्षा से उसका पति दिनों दिन शराब के नशे में और भी ज्यादा डूबता जा रहा है, इसे देखने का न तो उसके पास समय था और न ही ज़रूरत। वो तो वैसे भी यशोधरा के लिए इस मुकाम तक पहुँचने की सीढ़ी था और ऊंचाईयों पर पहुँचने के बाद सीढ़ी को महत्त्व देता ही कौन है ? कम से कम यशोधरा जैसी महत्वाकांक्षी महिला तो बिलकुल भी नहीं|

समय अपनी गति से आगे बढ़ रहा था। अभिजीत जी तीसरी बार चुनाव जीतकर एम.एल.ए. बन गए थे । यशोधरा का रुतबा और प्रभाव भी बढ़ता जा रहा था। यहाँ उसने रोहित को जन्म दिया और वहां उसी दिन अभिजीत जी को प्रदेश के मंत्रीपद से नवाजा गया, जिसका श्रेय अभिजीत जी ने अपने पोते के शुभागमन को ही दिया।

रोहित के तीसरे जन्मदिन की बात है, हमेशा की तरह उसका जन्मदिवस बड़ी धूमधाम से मनाया गया। मन्त्री से लेकर सन्तरी तक - सभी आमन्त्रित थे । इस अवसर का फायदा उठाने से नहीं चूकी यशोधरा - सभी राजनैतिक हस्तियों के साथ अफसरों को भी अपनी सक्रियता से प्रभावित कर लिया उसने। लेकिन ये खुशी तब काफूर हो गई, जब अभिजीत जी सुबह अपने कमरे में मृत पाए गए। डॉक्टर्स ने बताया साइलेंट हार्ट अटैक था। मंत्रीपद की जिम्मदारियों में अपने स्वास्थ्य की लगातार उपेक्षा करते रहे थे वे । संवेदना प्रकट करने के लिये आने वालों से यशोधरा ही मिल रही थी। उसकी सास तो यूं भी बिल्कुल घरेलू सीधी-सादी महिला थी, दूसरे शोक में डूबी हुई। उनका तो जैसे संसार ही उजड़ गया

था | रहा अविनाश, तो वो तो यशोधरा की उपेक्षा के कारण शराब में डूबकर बिल्कुल अन्तर्मुखी हो गया था।

आने वाले समय के लिए यशोधरा कोई योजना बना पाती, उससे पहले ही जब उसे सूचना मिली कि पार्टी अभिजीत जी की मृत्यु से खाली हुई सीट के लिए उनकी पत्नी यानि यशोधरा की सास को टिकट देना चाह रही है, तो ये काँटा उसके दिल में चुभ गया | इतने समय की उसकी शागिर्दी उसे व्यर्थ होती प्रतीत हुई।' न रहेगा बाँस न बजेगी बाँसुरी' की तर्ज पर उसने अपनी सास को कोठी के सबसे पिछले कमरे में पहुँचाकर प्रचारित कर दिया कि उन्हें अभिजीत जी की आकस्मिक मृत्यु से इतना बड़ा धक्का लगा है कि उनका मानसिक संतुलन बिगड़ गया है। पार्टी के लोगों को तो छोड़िए, उनके रिश्तेदारों को भी डॉक्टर्स की सलाह के नाम पर उनसे मिलने से मना कर दिया गया। इसके बाद यदि अभिजीत सिंह की आकस्मिक मृत्यु से जनता के मन में उपजी सहानुभूति का फायदा उठाना था, तो यशोधरा को टिकट देने के अलावा पार्टी के पास और कोई चारा न था। उनके बेटे अविनाश की शराब में डूबे रहने की कहानी तो इतनी स्पष्ट थी कि उसे टिकट देना तो पार्टी को अपने पैरों पर कुल्हाड़ी मारने जैसा प्रतीत हुआ |

यशोधरा की कुटिल योजना आखिर सफल हुई थी । उसका दिल तो इस प्रस्ताव से बल्लियों उछल रहा था, पर ऊपर से आँसुओं के साथ पार्टी प्रस्ताव स्वीकार कर लिया उसने | एक चाबी से सपनों के दरवाजे ऐसे खुलते जाते हैं, जैसे विश्वास नहीं हो रहा था उसे। अभिजीत जी की मृत्यु के बाद सहानुभूति की लहर पर सवार यशोधरा को विजय के लक्ष्य तक पहुँचना ही था, और यही हुआ भी। राजनैतिक विरासत के साथ पैतृक विरासत भी यशोधरा के हाथों में थी। एकछत्र साम्राज्य के नशे में डूबी यशोधरा के लिए पति का महत्त्व तो पहले भी न था, पर अब अपने बेटे को समय दे पाना उसके लिए संभव न था। एम.एल.ए. बनने के बाद उसकी महत्त्वाकांक्षाओं का विस्तार हो चुका था। ऐसे में उसके बेटे रोहित का यदि कोई सम्बल था तो वो थी घर के पिछले कमरे में तिरस्कृत पड़ी उसकी दादी। सारे वैभव , अनेकों नौकरों और आगंतुको की भीड़ के बीच भी वे दोनों अकेले थे। इसलिए दोनों एक दूसरे का सहारा बन गए।

दादी न सिर्फ रोहित को पौराणिक और नैतिक कहानियाँ सुनाती, बल्कि परिवार और पूर्वजों से सम्बन्धित बातें भी बताती। दस वर्ष का होते-होते रोहित ये अच्छी तरह जान चुका था कि उसकी दादी की मानसिक स्थिति बिल्कुल ठीक है,लेकिन फिर क्यों उन्हें नज़रबन्द करके रखा गया है, वो ये जानना चाहता था।

हांलाकि यशोधरा नहीं चाहती थी रोहित अपनी दादी से मिले, उसे डर था कि यदि ऐसा हुआ तो दादी उसे उसकी माँ की वास्तविकता बताकर उसके खिलाफ़ कर देगी। पर महत्वाकांक्षा की दौड़ ने उसे इतना व्यस्त कर रखा था कि वो चाहकर भी रोहित को दादी से अलग कर नहीं पाती थी। मीटिंग्स, उद्घाटन कार्यक्रम और सभाओं की व्यस्तता इतनी थी कि नौकरों की बात अनसुनी कर रोहित दादी के पास पहुँच ही जाता था। अपनी राजनैतिक महत्त्वाकांक्षाओं की गुलाम यशोधरा, मन्त्रीपद पाने के लिए जोड़-तोड़ में इतनी व्यस्त रही कि जनता की अपेक्षाएं ही भूल गई। फल ये हुआ कि जनता का उससे मोहभंग हो गया। जनता की नाराजगी भांपकर पार्टी उसे इस बार टिकट देने में हिचकिचा रही थी। पर अभी शायद यशोधरा की राजयोग की अवधि पूरी नहीं हुई थी। इसी बीच ज्यादा शराब पीने से अविनाश का लिवर फेल हो गया और कुछ ही दिन हॉस्पीटल में रहने के बाद उसने इस संसार को अलविदा कह दिया। यशोधरा को पति से कभी प्रेम तो था ही नहीं, पर सहानुभूति न होने पर भी यशोधरा ने हॉस्पीटल में खुद को आदर्श पत्नी की तरह प्रदर्शित किया। इसका जनता पर प्रभाव भी हुआ क्योंकि अगले चुनाव पार्टी ने उसे सती सावित्री के रूप में प्रचारित किया और जनता की सहानुभूति के बल पर कम अन्तर से ही सही- यशोधरा चुनाव जीत ही गई।

इसी बीच रोहित 12वीं पास करके कोचिंग के लिए बाहर गया तो दादी की आँखें रोते-रोते सूज गई। उनका एकमात्र सहारा भी अब उनसे छिन रहा था। पति की मृत्यु के बाद ये दूसरा शॉक था, जिसे झेलना उनके लिए बहुत-बहुत कठिन था। हाँलाकि यशोधरा ने तो दुखी होने के बजाय राहत की साँस ली, कि कम से कम अब तो रोहित दादी से दूर रहेगा।

अगले पांच -छह वर्ष में घटनाओं का क्रम बड़ी तेजी से घटा । रोहित का आई.आई.टी. से बी. टेक. करने के बाद बहुत अच्छा जॉब पा लेना, उसकी सहपाठी सुनयना से विवाह और पोते विधु का इस संसार में आगमन- ये सब सुखद होते हुए भी यशोधरा को भीतर से खुश न कर सका, क्योंकि सहानुभूति के बल पर वो पिछला चुनाव तो जीत गई थी लेकिन अब उसे पार्टी में अपनी स्थिति कमजोर होती नज़र आ रही थी। यहाँ न जाने कैसे विरोधियों तक ये खबर पहुँच गयी कि अभिजीत जी की पत्नी की मानसिक स्थिति बिलकुल ठीक है और उन्हें बहू द्वारा नज़रबन्द करके रखा गया है । चुनाव से ठीक कुछ पहले ही विपक्ष के द्वारा इस खबर को खूब जोर शोर से प्रचारित किया गया । बीमार होने पर भी उन्हें हॉस्पीटल में एडमिट न करके डॉक्टर को घर बुलाकर उनका इलाज कराने ने इस खबर को और पुष्ट किया। इतना ही नहीं, इसी बीच

अभिजीतजी की पत्नी की मृत्यु ने तो जनता को बिलकुल उसके खिलाफ कर दिया। चुनाव में वही हुआ जिसका यशोधरा को डर था । वो बुरी तरह चुनाव हार गई।

इतिहास गवाह है कि जनता जिन्हें एक समय अपने सर आँखों पर बिठाती है उन्हें उनके चरित्र की कोई भूल सामने आने पर उसी तरह धराशायी भी कर देती है | यही यधोधरा के साथ भी हुआ | पति की बीमारी के समय सती सावित्री जैसी नायिका बनकर लोगों के दिल में जगह बनाने वाली यशोधरा अब उन्हें खलनायिका लग रही थी , ऐसे में पार्टी ने भी उससे किनारा करना ही ठीक समझा। धीरे-धीरे उसकी जो कोठी आने-जाने वालों से गुलजार रहती थी- खाली नज़र आने लगी। सफलता की ऊँचाइयों पर उड़ने वाली यशोधरा जब नीचे गिरी तो उसे लगा उसके पास पैर रखने के लिए जमीन भी नहीं है। वो अब अकेली थी, बिलकुल ही अकेली |

दादी के निधन का समाचार सुनकर रोहित भारत आया। दादी ही उसके लिए परिवार का पर्याय थीं। ये सुनकर कि अपने चुनावी स्वार्थ के लिए माँ ने दादी को हॉस्पीटल नहीं भेजा, उनकी सही इलाज नहीं कराया, वो इतना व्यथित और उत्तेजित हुआ कि यशोधरा से अपने सारे सम्बन्ध तोड़ देने की घोषणा कर चला गया। अभी जो 'धड़ाक़' की आवाज़ के साथ जोर से दरवाजा बन्द हुआ था, ये रोहित ने ही किया था |

रोहित के जाने के बाद अपने जीवन की घटनाओं का विश्लेषण करती यशोधरा की समझ में आ रहा था कि सत्ता के लालच और अधिकार पाने की दौड़ में उसके अपने कैसे पीछे छूटते गए। यहाँ तक कि आज उसका बेटा भी उसे छोड़कर चला गया। सोचकर यशोधरा की आँखो से आँसू बह निकले। स्वार्थ के नशे में वो न तो अच्छी बहू बन सकी, न अच्छी पत्नी और न ही अच्छी माँ । जीवन भर की गई गल्तियों का खामियाजा तो उसे भुगतना ही होगा। दूर-दूर तक फैला हुआ शून्य उसे डरा रहा था। उसे लगा कि ये शून्य बड़ा होते हुए उसकी अन्तर्चेतना पर छाता जा रहा है, और वो अचेत होती जा रही है।

पता नहीं कितनी देर वो अचेत रही, लेकिन अचानक उसे आवाज आई "माँ, माँ क्या हुआ तुम्हें ?" चेतना लौटी तो उसने रोहित को अपने पास खड़ा पाया। "रोहित,बेटा तू तो हमेशा के लिए मुझे छोड़कर चला गया था, वापिस कैसे आ गया? बेटा, उम्र के इस पड़ाव पर मुझे अकेला छोड़कर मत जाना, मैं जी नहीं पाऊँगी।" कहकर रो पड़ी यशोधरा । उसका हाथ अपने हाथ में लेते हुए बोला रोहित - "माँ,

मैं अपनी दादी का पोता हूँ। उन्होंने मुझे जो कहानियाँ सुनाई ,घटनाएं बताई, उन सभी से उन्होंने यही शिक्षा दी कि माता-पिता कैसे भी हों, उनकी सेवा करना संतान का कर्त्तव्य है। दादीमाँ ने जो संस्कार मुझे दिए-उनका पालन करना ही उनके प्रति मेरी सच्ची श्रद्धांजलि होगी, इसलिए उनके प्रति किए गए आपके व्यवहार के कारण मैं आपसे कितना भी नाराज क्यों न होऊँ , आपको अकेला नहीं छोड़ सकता। ऐसा करके मैं दादी माँ की शिक्षा और उनके संस्कारों की अवहेलना कभी नहीं कर सकता। पर माँ, इसके लिए आपको सब कुछ छोड़कर मेरे साथ चलना होगा। इस माहौल से बिल्कुल दूर।" निराशा के अंधकार में डूबती हुई यशोधरा को जैसे सहारा मिल गया | वो बोली- "हाँ, हाँ बिल्कुल बेटा, अब मुझे समझ आ गया है कि ये सत्ता, अधिकार, रुतबा - सब क्षणिक हैं। वास्तविक सुख तो परिवार और स्नेह में हैं। बेटा, मैंने तो बबूल का पेड़ बोने में कोई कसर नहीं रखी लेकिन तेरी दादी के संस्कारों के चमत्कार से मुझे बबूल बोकर भी आम मिल सके। तुम अभी वकील को बुलाओ, मैं आज ही इस कोठी और ये सारी जायजाद को वृद्धाश्रम के लिए दान करती हूँ। वृद्धजनों के आशीर्वाद से शायद मेरा तुम्हारी दादी के प्रति किया गया पाप कुछ कम हो सके।" कहकर क्षमा माँगते हुए यशोधरा अपनी सास की फोटो के सामने झुक गई। कुछ देर बाद अपने सर पर किसी का स्नेह भरा स्पर्श पाकर उसने सर उठाया तो देखा उसका पोता विधु उसके सर पर प्यार से हाथ फेर रहा है। तड़पकर उसने विधु को गले से लगा लिया- इस संकल्प के साथ वो भी, रोहित की दादी की तरह विधु को संस्कारों की सही विरासत सौंपेगी।

14

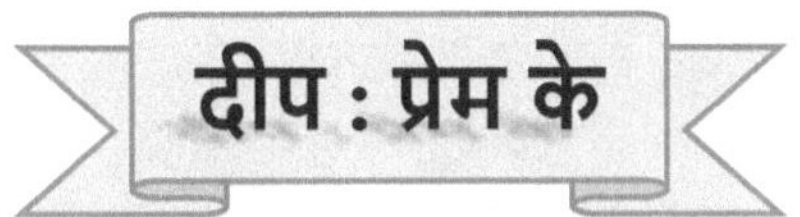

गाड़ी का हॉर्न सुनते ही दरबान ने झुककर सलाम करते हुए गेट खोल दिया। गाड़ी के पीछे की सीट पर बैठी प्रतिमा का सिर गर्व से कुछ और ऊँचा हो गया। कनखियों से आसपास देखा, तो हमेशा की तरह अपने घर के आगे बने चबूतरों पर बैठी औरतों की हसरत भरी निगाहें उसकी कार को घूर रही थीं | बस, यहीं तो पसंद नहीं आता उसे यह मोहल्ला, जिसमें उसकी विशालकाय चमचमाती कोठी टाट पर रेशम के पैबन्द की तरह नजर आती है।

माना कि ये जगह उसके ससुर के लिए बहुत भाग्यशाली सिद्ध हुई | क्योंकि इस मोहल्ले में आने के बाद ही उसके ससुर एक सामान्य से ठेकेदार से उन्नति करते-करते एक नामी बिल्डर के रूप में अपनी पहचान बनाने में सफल हुए। और इस जगह को लकी मानते हुए उन्होंने इस पुराने फैशन के मोहल्ले में ही अपनी कोठी बनवाई। पर पता नहीं क्यों, प्रतिमा को इस जगह के प्रति उनका ये मोह कभी समझ नहीं आया । उसके पति भी तो इस बात पर इतना यकीन करते हैं कि वे इस मोहल्ले को छोड़कर कहीं और जाना ही नहीं चाहते। सचमुच खीझ उठती है प्रतिमा कभी-कभी इस बात पर |

अपने बेटे अन्वय और बेटी अन्विता पर तो उसने इस मोहल्ले की छाया तक न पड़ने दी। उसने उन्हें कभी बंगले की चाहरदीवारी से बाहर कदम ही नहीं रखने दिया | यह कोठी ही उनके लिए क्रिकेट का मैदान भी थी और फुटबॉल ग्राउंड भी और उनके खेल के साथी थे घर के नौकर । बाहर निकलकर यदि यहाँ के गँवार बच्चों की सोहबत में वे भी गँवार हो जाते तो ? उसे याद आता है कि पिछले साल बच्चों को स्कूल से घर लाते समय जब मोहल्ले के मोड़ पर ही उनकी कार खराब हो गयी तो मजबूरी में ड्राइवर को बच्चों को वहाँ से पैदल घर तक लाना पड़ा। रास्ते में क्रिकेट खेलते हुए बच्चों से हँसकर बात करते अन्वय को

देखकर प्रतिमा पहली बार अपना आपा खो बैठी और जोर से उसे एक चांटा जड़ दिया।

दो दिन तक तो अन्वय गुमसुम सा बना रहा माँ से चांटा खाकर, लेकिन तीसरे दिन उसकी जिद देखकर तो प्रतिमा हैरान रह गई। वही हुआ जिसका उसे डर था। अब अन्वय की एक ही रट थी- " मैं तो क्रिकेट खेलने बाहर मोहल्ले में जाऊँगा। माली अंकल और ड्राइवर अंकल के साथ खेलने में बिल्कुल मजा नहीं आता। वे तो जानबूझ कर खेल खत्म करने के लिए मुझे जिता देते हैं,जिससे उन्हें और भागना न पड़े। माँ मुझे जाने दो न बाहर।" उसकी देखादेखी अन्विता भी भैया के सुर में सुर मिलाने लगी। लेकिन प्रतिमा, जो अपने लाड़लों की हर इच्छा पूरी करने में खुद को धन्य मानती थी, उनकी इस इच्छा सामने जैसे पत्थर हो गयी थी। यदि आज वो कमजोर पड़ गई और उसके बच्चों ने मोहल्ले के बच्चों के साथ खेलना शुरू कर दिया तो उन्हें मेनर्ड और कल्चर्ड बनाने का उसका सपना तो खाक में मिल जाएगा। भला सोचो तो, फर्राटेदार इंग्लिश में बात करने वाले उसके बच्चे क्या मोहल्ले के बच्चों के साथ उनकी गँवारू बोली में बात करेंगे? चुंगी स्कूल में पढ़ने वाले बच्चे क्या शहर के नामी पब्लिक स्कूल में पढ़ने वाले उसके बच्चों के साथ बराबरी से खेलेंगे ? जिन बच्चों की उनके बच्चों के सामने आँख उठाने की भी हिम्मत न थी, वे साथ खेलते हुए उनसे लड़ेंगे-झगड़ेंगे ? नहीं नहीं, ये तो प्रतिमा बिल्कुल न होने देगी। उसे इस सारी समस्या को जड़ से ही मिटाना होगा। यदि अंधविश्वास के कारण उसके पति इस जगह ,इस घटिया मोहल्ले को छोड़कर कहीं और नहीं जाना चाहते तो क्या हुआ ? वो तो अपने बच्चों को यहाँ से दूर भेज ही सकती है। फिर क्या था, बड़ी भागदौड़ के बाद देहरादून के नामी रेसिडेन्शियल स्कूल में बच्चों को भेजकर ही दम लिया प्रतिमा ने।

जब तक बच्चे घर थे प्रतिमा फिर भी कुछ व्यस्त रहती थी, लेकिन अब बच्चों के जाने के बाद, कोठी जैसे काटने को दौड़ने लगी थी। पति तो वैसे भी बिजनेस के सिलसिले में अक्सर बाहर ही रहते हैं और आते भी हैं, तो ढेरों फोन कॉल्स के बीच उन्हें प्रतिमा से बात करने की फुर्सत कम ही मिल पाती है । फिर प्रतिमा उनसे ये किस मुँह से कह सकती थी कि बच्चों के जाने के बाद उसका समय काटे नहीं कट रहा है, क्योंकि पति तो वैसे भी बच्चों को यहीं अपने पास रखकर पढ़ाने के पक्ष में थे। कितना समझाया था उन्होने प्रतिमा को - "देखो प्रतिमा , ऐसा नहीं कि मैं अपने बच्चों को अच्छी शिक्षा नहीं देना चाहता, पर मुझे लगता है कि अच्छे और मंहगे स्कूल की अपेक्षा बच्चों को उनके माता-पिता द्वारा

दिए गए संस्कार, उनका मार्गदर्शन कहीं ज्यादा जरूरी होता है। मैं भी तो यहीं इसी शहर में पढ़ा लिखा हूँ, पर उस शिक्षा से ज्यादा मुझे बाबूजी से मिले संस्कारों और उनके अनुभवों से ज्यादा मदद मिली । फिर हॉस्टल में रहकर बच्चों का दायरा एकदम सीमित हो जाता है। वहाँ रहकर वे बाहरी दुनिया के उतार-चढ़ाव, और अनुभवों बिल्कुल कोरे रह जाते हैं ।" लेकिन अपने बच्चों को आभिजात्य वर्ग के अनुरूप बनाने का भूत प्रतिमा के सिर पर इस तरह चढ़ा हुआ था, कि उसे अपने पति की ये बातें बिलकुल निरर्थक लगीं । लेकिन अब सूना घर जैसे प्रतिमा को चिढ़ा रहा था । ऊबकर शाम होते ही प्रतिमा ऊपर छत पर बने बरामदे में आ गई। चारों ओर ग्रिल से घिरा खुला-खुला बरामदा वाकई बहुत सुन्दर था। ऊपर से गमलों में लगे बेशकीमती पौधों और बेलों ने उसकी सुन्दरता दुगुनी कर दी थी। कोई और समय होता तो बरामदे को निहार प्रतिमा का सिर गर्व से बल्कि कुछ कुछ घमंड से और ऊँचा हो जाता, पर आज उसका मन ही ठिकाने पर न था।

बरामदे में बैठकर चारों तरफ देखने लगी प्रतिमा । यहाँ ऊँचाई से पूरा मोहल्ला साफ नजर आता था। सामने मैदान में बच्चों का एक दल क्रिकेट खेल रहा था, तो दूसरी ओर छत पर कुछ लड़कियाँ शायद अन्त्याक्षरी खेल रही थीं। घर के चबूतरों पर बैठी औरतें चाय पीती हुई बतिया रहीं थीं, तो दूसरी ओर पुरुष किसी राजनैतिक मुद्दे पर बहस में व्यस्त थे । वृद्ध जन अलग अपने साथियों के साथ छोटे से पार्क में में टहलकर बातें कर रहे थे। जब तक प्रतिमा के ससुर थे, तब तक तो उनके माध्यम से मोहल्ले वालों से कुछ सम्पर्क रहा भी। अन्वय के जन्म पर दी गई दावत में तो पूरा मोहल्ला ही शरीक हुआ था। ऐसा उत्साह था पूरे मोहल्ले में जैसे उन्हीं के घर नन्हा मेहमान आया हो । पर प्रतिमा औरतों के ढोलक की थाप पर गाए जाने वाले गीतों और उनकी चुहलबाजी से अपने को बिलकुल भी जोड़ न पाई थी। यही कारण था कि अन्विता के जन्म पर दी गई पार्टी में उसने मोहल्ले के एक भी व्यक्ति को आमंत्रित नहीं किया। अब ससुर तो थे नहीं कि पड़ोसियों को बुलाना कोई मजबूरी हो। फिर उसके हाई क्लास लोगों की पार्टी पर वे मिडिल क्लास लोग फिट भी कैसे हो पाते ? बाद में बच्चों के बर्थडे पार्टीज भी शहर के नामी होटलों में ही अरेंज की जाने लगीं, जिसमें मोहल्ले के लोगों को तो कतई बुलाया नहीं जा सकता था । यही वज़ह थी कि वो मोहल्ले के उन लोगों में से ज्यादातर को पहचान भी नहीं पा रही थी ।

धनिया के बुलाने पर, खाना खाने, प्रतिमा को नीचे आना पड़ा। सूनी डाइनिंग टेबल देखकर प्रतिमा को फिर अन्वय और अन्विता की धमाचौकड़ी याद आ गई | कैसे सारा घर गुलजार रहता था बच्चों की बातों से ,उनके हँसी-मजाक और छोटे-छोटे झगड़ों से | प्रतिमा सोच नहीं पा रही थी कि अब वो अपना समय कैसे काटे ? नौकरों से बात करना उसकी तौहीन थी, तो मोहल्ले वालों से बात करना उसके स्टेटस के विरुद्ध और किटी पार्टी वाली सहेलियों से तो पता नहीं क्यों एक औपचारिक सा ही रिश्ता होता है, किसी भी समय बात करके उनकी प्रायवेसी को डिस्टर्ब तो नहीं किया जा सकता न ।

खैर, समय तो बीतता ही जाता है, छह महीने से ज्यादा हो गए हैं बच्चों को हॉस्टल गए हुए और आज वे दीपावली की छुट्टियों में 10 दिन के लिए घर आ रहे हैं। इतने दिनों अकेली रहकर ऊब चुकी प्रतिमा में जैसे नई जान आ गई है। उसके पति तो किसी ज़रूरी बिजनेस मीटिंग के सिलसिले में विदेश गए हुए हैं और जब तक लौटेंगे, बच्चों की छुट्टियाँ लगभग ख़त्म हो रही होंगी। पर क्या किया जा सकता है बिजनेस तो बिजनेस ही है।

दीपावली पर नौकर छुट्टी लेकर घर जाना चाह रहे थे पर प्रतिमा ने ड्राइवर और धनिया को रोक लिया। ड्राइवर को तो बच्चों को एयरपोर्ट से लेने जाना है और धनिया चली गई तो बच्चों की मनपसंद डिशेज कौन बनाएगा ? तीन घण्टे हो गए ड्राइवर को गए हुए अब तक बच्चों को लेकर लौटा नहीं वो। प्रतिमा लॉन में बच्चों के इंतज़ार मे टहलते- टहलते थक गई है। फोन करने पर पता नहीं क्यों, ड्राईवर का मोबाइल ऑफ होने की सूचना मिल रही है | बहुत गुस्सा आ रहा है ड्राईवर पर | आज आने दो उसे वापस,अच्छे से खबर लेगी प्रतिमा उसकी | पर अब जैसे-जैसे समय बढ़ रहा है ,चिंता क्रोध पर हावी होने लगी है और मन आशंकाओं से घिरने लगा है।

अचानक फोन की घण्टी घनघनाई, तो प्रतिमा ने दौड़कर फोन उठाया। बच्चों की मधुर आवाज सुनने को तरसती प्रतिमा एक भारी- भरकम आवाज सुनकर चौंक गई- "आप प्रतिमाजी बोल रहीं हैं क्या ? देखिए, मैं इस इलाके का पुलिस इन्स्पेक्टर बोल रहा हूँ | आपकी गाड़ी डिवाइडर से टकरा कर पलट गई थी। आपके दोनों बच्चे और ड्राइवर घायल होकर बेहोश हैं। उन्हें सिटी हॉस्पीटल पहुँचा दिया गया है, आप जल्दी से जल्दी यहाँ पहुँच जाइए।" सुनकर जैसे स्तब्ध हो उठी प्रतिमा | घबराहट और तनाव से चक्कर खाकर गिरी तो कब सीढ़ियों से नीचे आ गई पता ही न चला | होश आया तो देखा वह खुद हॉस्पिटल में है। सर पर पट्टी बंधी हुई थी। उसके सिरहाने एक बुजुर्ग औरत और पाँवों की

तरफ धनिया बैठी हुई थी। आँखे खुलते ही औरत ने स्नेह से उसके सर पर हाथ फेरते हुए कहा- "बिटिया , चिन्ता न करी। अब तुम्हार बबुआ और बिटिया ख़तरे से बाहर हैं और अब तो डिलाइबर को भी होश आ गयो है।"

उसने प्रश्नवाचक निगाहों से धनिया की ओर देखा तो वो धारा प्रवाह बोलने लगी - "मालकिन, आपके बेहोश होकर गिरते ही हम तो एकदम घबरा गए थे। आपके सर से लगातार खून बह रहा था । एक तरफ बच्चों की चिंता और दूजी ओर आप । हम क्या करें ? अकेली जान कैसे संभाले ये सब ? बस हमें कुछ न सूझा और हम घबराकर चिल्लाते हुए कोठी के बाहर पहुँच गए। आप पर आई विपत्ति की बात सुनकर सारा मोहल्ला इकट्ठा हो गया। किसी ने आपको अस्पताल पहुँचाया तो किसी ने बिटिया रानी और ड्राइवर को खून दिया। ये लोग न होते तो हम तो अकेले कुछ भी न कर पाते , क्या होता तब, सोच के ही मन घबरा जाता है । कल दीवाली के दिन भी किसी ने ढंग से घर पर दीये तक न जलाये, पटाखों की बात ही क्या है । बुजुर्गों ने तो यहाँ तक ऐलान कर दिया कि मोहल्ले में अब तभी सब लोग अच्छे से दीवाली मनाएंगे,जब आप लोग स्वस्थ हो जाएँगे।" शायद कुछ और भी बताती धनिया पर डाक्टर को आते देख चुप हो गई।

उसका ब्लड प्रेशर चैक करते हुए डॉक्टर मुस्कुराते हुए बोली- "बच्चों के ऐक्सीडेंट की न्यूज़ सुनकर बजाय हिम्मत रखने के आप इतना नर्वस हो गयीं कि खुद को ही घायल कर लिया। बट हैड्स ऑफ टू योर नेवर्स । धन्य हैं आपके पड़ोसी, जिन्होंने सगे रिश्तेदारों से भी ज्यादा साथ दिया आपका। आपकी बेटे के नेगेटिव ग्रुप का ब्लड अरेंज करना तो एकदम नामुमकिन ही लग रहा था पर सिटी केबिल पर अनुरोध करके आपके पड़ोसियों ने उसका भी समय पर इन्तजाम कर लिया। ऐसे पड़ोसी वाकई किस्मत वालों को ही मिलते हैं । रियली यू आर वैरी वैरी लकी ।"

प्रतिमा की आँखों से झरझर आँसू बहने लगे। जिन्हें वह मिडिल क्लास तुच्छ, अनपढ़, गंवार कहकर हेय दृष्टि से देखती थी ,जिनसे कोई भी सम्बन्ध रखना उसे अपनी तौहीन लगती थी, वे ही उसकी मुसीबत में कैसे उसके साथ आ गए। यदि वे भी कल दो टूक ज़बाब दे देते कि हमारा कोठी वालों से सम्बन्ध ही क्या है, जो हम उनकी मदद करें, तो क्या होता ? शायद वो अपने बच्चों को कभी दोबारा देख भी न पाती । सच कहते थे उसके ससुर कि पड़ोसी रिश्तेदारों से भी ज्यादा महत्वपूर्ण होते हैं । मुसीबत पड़ने पर सबसे पहले पड़ोसी ही मदद के लिए आ सकते हैं,रिश्तेदार नहीं । उसकी आँखों पर चढ़ा मद और दर्प का परदा जैसे

हटता जा रहा था। उसे लग रहा था कि उसके पड़ोसियों ने भले ही ऊँची शिक्षा न पाई हो पर सही रूप में शिक्षित और सभ्य तो ये ही लोग हैं, जो इस कलयुग में भी मानवीय गुणों और संस्कारों को बचाए हुए हैं। भाईचारा, निस्वार्थ प्रेम, सहयोग, पड़ोसी धर्म जैसे गुण इन्होंने अपने अन्दर जीवित रखे हुए हैं | मैंने तो इन्हें उपेक्षा के सिवा कुछ न दिया, लेकिन इन लोगों के हृदय इतने उदार हैं कि इन्होंने सारी कड़वाहट भुलाकर दिल से हमारी मदद की।

उसने मन ही मन संकल्प किया कि अब अपने शिक्षित और धनी होने के घमंड को भूलकर वो भी इन सबके साथ दीवाली मनाएगी। शायद यही दीपावली उसके झूठे दम्भ, अहंकार और दर्प की कालिमा को धोकर उसके जीवन में भी प्रेम और सहयोग के दीप जला सकेगी।